QUAND UNE LIONNE GROGNE

LE CLAN DU LION #5

EVE LANGLAIS

Copyright © 2015/2021 Eve Langlais

Couverture réalisée par Yocla Designs © 2020/2021

Traduit par Emily B, 2020/2021

Produit au Canada

Publié par Eve Langlais

http://www.EveLanglais.com

ISBN livre électronique: 978-1-77384-2172

ISBN livre pochet: 978-1-77384-2189

Tous Droits Réservés

Ce roman est une œuvre de fiction et les personnages, les événements et les dialogues de ce récit sont le fruit de l'imagination de l'auteure et ne doivent pas être interprétés comme étant réels. Toute ressemblance avec des événements ou des personnes, vivantes ou décédées, est une pure coïncidence. Aucune partie de ce livre ne peut être reproduite ou partagée, sous quelque forme et par quelque moyen que ce soit, électronique ou papier, y compris, sans toutefois s'y limiter, copie numérique, partage de fichiers, enregistrement audio, courrier électronique et impression papier, sans l'autorisation écrite de l'auteure.

CHAPITRE UN

Oh, quel pied. Luna se fichait de ce que pouvaient dire les autres. Le plaisir que procurait une bronzette sous les rayons chauds du soleil alors que le froid de l'automne s'emparait de la ville dehors, était incomparable.

Elle s'allongea sur la pile de coussins en tissu, étirant tous ses membres, ronronnant presque de plaisir alors que les rayons de soleil brillants traversaient la grande baie vitrée de l'appartement.

— Qu'est-ce que tu fais, bordel ?!

La voix masculine et choquée ne la surprit pas. Pff, quel loup bruyant. Elle l'avait entendu arriver de loin. Il fallait vraiment qu'il travaille sur sa discrétion.

Faisant preuve d'un niveau de paresse que seul un lion mâle pouvait habituellement atteindre, Luna ouvrit un œil et regarda l'homme qui se tenait debout, les bras croisés sur la poitrine, de l'autre côté de la pièce. Il lui jeta un regard noir – trop mignon.

— Salut, Jeoff.

— Il n'y a pas de « Salut Jeoff » qui tienne. Qu'est-ce que tu fous dans mon appartement ? Nue.

Il avait donc remarqué. Un point pour elle.

— Je suis nue parce qu'il s'avère que tu possèdes un petit coin parfait pour bronzer l'après-midi, juste ici.

Elle s'étira longuement sur les coussins qu'elle avait enlevés de son canapé et sur lesquels elle était allongée, bras et jambes écartés. Cette pose lui permit de tendre sa peau bronzée. Bronzée, sans aucune marque de maillot de bain, devrait-elle préciser. Elle avait récemment passé pas mal de temps sur la plage pour un boulot dans le sud. Dans un lieu qui accueillait les métamorphes et où les vêtements étaient optionnels.

— Tu te rends quand même compte que les gens qui habitent dans l'immeuble en face peuvent te voir.

Comme c'était excitant !

— Tu crois qu'ils regardent ?

Luna roula sur le ventre et regarda par la baie vitrée qui allait du sol au plafond. Elle salua de la main, mais avec le soleil qui brillait, elle ne pouvait pas savoir si quelqu'un la regardait et l'avait saluée en retour.

Un long soupir lui fit comprendre que Jeoff se tenait toujours derrière elle. Comme si elle pouvait ne pas remarquer sa présence. Jeoff n'était pas le genre de type qu'une fille pouvait ignorer. Et pas seulement parce qu'il puait le chien. Un chien, c'est-à-dire un métamorphe loup, pas un vrai canin, même si les deux espèces avaient une odeur remarquablement similaire.

Mais elle pouvait lui pardonner ce défaut, car il était le genre de mec canon et distant que tout le monde voulait baiser. Genre, sérieusement, n'importe quel être vivant avait envie de déshabiller Jeoff et de lui monter dessus comme une cowgirl.

Il ne pouvait s'en prendre qu'à lui-même. Grand, bien plus grand qu'elle, Jeoff avait des épaules larges, mais il était mince, il avait une carrure athlétique aux muscles bien définis. Il n'était pas comme les lions de son clan, costauds, musclés et prétentieux. Bien qu'un peu ringard avec ses lunettes et son costume trois pièces – des lunettes qui rappelaient celles d'un certain super-héros et qui étaient comme un accessoire pour l'image qu'il renvoyait aux autres – Jeoff était très viril. Mais il était aussi un homme prude et coincé.

— Si ton cul nu finit sur internet ne viens pas ensuite me hurler dessus.

— Je n'ai pas de quoi avoir honte, annonça-t-elle avec un sourire.

— Impossible, murmura-t-il. Tout simplement impossible à raisonner.

— Ce n'est pas de ma faute si tu n'es pas capable de saisir l'esprit féminin.

— L'esprit féminin est simple comparé à celui d'une lionne. Vous êtes toutes complètement folles.

— Oh, merci.

Encore un autre soupir de sa part ? C'était peut-être un nouveau record et un point de plus pour elle.

— Pourquoi es-tu là ? demanda Jeoff d'un air exaspéré qu'elle avait réussi à provoquer en moins de cinq minutes.

Il était si facile d'agacer ce loup.

— Je suis en mission pour le clan.

Luna se releva et s'avança silencieusement vers Jeoff, quittant sa place au soleil. *Ne t'inquiète pas, mon précieux.*

Je reviendrai. L'hiver était sur le point de commencer. Elle allait avoir besoin de tous les endroits ensoleillés qu'elle pourrait trouver pour faire la sieste.

— Et tes missions consistent-elles toujours à entrer chez les gens par effraction ? demanda Jeoff en lui tournant le dos pour se rendre dans la cuisine.

— Pas toujours, mais plus souvent que tu ne le crois. Il sortit sa tête de derrière la porte du frigo pour lui demander :

— Parce que ton travail l'exige ou parce qu'un certain chaton était curieux ?

— Jeoff, c'est tellement espèce-iste. Tu mériterais que je te botte le cul.

Il s'écarta du frigo et lui tendit une bière.

— Tu me botteras le cul plus tard. Habille-toi et ensuite tu m'expliqueras quel genre de mission t'amène ici.

— Je n'ai pas besoin d'être habillée pour discuter.

— Pour toi peut-être, mais moi je refuse de t'écouter tant que ta foufoune pendouille.

Certaines personnes pouvaient être tellement prudes.

— Je te signale que ma foufoune ne pendouille pas, parce que je fais des exercices de Kegel [1] tous les jours.

Luna fit un squat rien que pour le voir lever les yeux au ciel.

Mais il n'était pas totalement désintéressé. La bosse dans son pantalon était trop visible pour ça.

Tiens, tiens. Peut-être que Jeoff n'est pas aussi immunisé que ce que je croyais. Car elle s'était vraiment posé la question. Cela faisait maintenant un moment qu'elle avait des vues sur le loup, elle lui avait même fait quelques avances qu'il avait poliment écartées. D'après lui, il ne sortait qu'avec des humaines, car : « Elles causaient moins de problèmes. »

Assez ennuyeux à vrai dire. Mais, hé, tant pis pour lui !

— Habille-toi. Maintenant.

C'était marrant comme un célibataire qui avait la trentaine pouvait carrément prendre une voix de paternel parfois.

Mais Luna n'était pas une petite fille. Il ne lui en fallut pas beaucoup plus pour lui bondir dessus par-derrière en enroulant son corps nu autour de lui. Elle hurla :

— Attention, une femme nue est en train de te toucher !

Elle avait vraiment hâte de le voir péter les plombs.

Mais ce à quoi elle ne s'attendait pas, c'était qu'il la retourne sur le dos, sur le canapé sans coussins, et qu'il s'assoit sur elle.

Son regard était presque incendiaire.

— Tu es cinglée ou quoi ?

Elle sourit.

— Seulement parce que je tiens ça du côté de ma mère.

— Et qu'as-tu hérité du côté de ton père ?

— La capacité à roter l'alphabet d'un seul coup.

— Ce n'est pas quelque chose dont je me vanterais auprès des gens.

— C'est ce que ma tante Zelda n'arrête pas de me répéter. Elle dit que ma grand-mère est probablement en train de se retourner dans sa tombe. Ce qui pour moi est une bonne chose. Je suis sûre qu'elle a envie de garder la forme au cas où il y ait une apocalypse de zombies et qu'elle soit obligée de partir à la chasse aux cerveaux pour le dîner.

— Je devrais quand même le savoir qu'il ne faut pas essayer de discuter avec un félin. Vous êtes impossibles.

Il roula sur le côté et se releva. S'éloignant de quelques mètres, il retomba sur un fauteuil dont les coussins étaient toujours en place. De sa main libre, il tira sur sa cravate et la défit.

— Dis-moi pourquoi tu es là et ensuite va-t'en.

— Tu ne me supplies plus de m'habiller ?

Luna s'assit sur le canapé en face de lui, les jambes parfaitement croisées, les mains sur les genoux, les épaules en arrière. Une posture parfaite.

Il garda ses yeux rivés sur son visage.

— La nudité te va bien. Donc, non, tu peux rester comme ça. Ça me va.

Oh. Un point pour lui étant donné qu'il avait réussi à la surprendre, et bon sang, à en juger par ses yeux qui scintillaient et cette fossette adorable sur sa joue, il le savait.

— Tu es en train de flirter avec moi, là ?

Luna était loin d'être timide.

— Je ne sors pas...

— Avec des métamorphes et encore moins avec des lionnes. Je sais, le coupa-t-elle en levant les yeux au ciel. Je ne comprends toujours pas pourquoi. On pourrait tellement s'amuser. Pas d'attaches. Juste du sexe torride et moite, pendant des heures et des heures.

— S'il met des heures à te faire jouir alors il s'y prend mal.

Pendant un instant, le regard de Jeoff s'enflamma.

— Ne me dis pas que tu es un éjaculateur précoce.

— Peu importe, tant que ça t'empêche de fantasmer sur moi la nuit.

— Je ne fantasme pas sur toi.

— Dit la femme assise nue sur mon canapé. Je connais une agence matrimoniale si tu es si désespérée que ça.

Insinuer que Luna n'était pas capable de trouver un homme l'agaça profondément. Elle se pencha en avant et attrapa son tee-shirt sur l'accoudoir où il avait atterri quand elle s'était déshabillée un peu plus tôt. En l'enfilant, elle remarqua que le regard de Jeoff avait dévié vers le sud, un peu en dessous de son décolleté une fois sa tête passée à travers l'encolure. Elle cacha un rictus intérieur quand elle étira le tissu sur sa silhouette.

Il la repoussait peut-être, mais il n'était pas insensible.

Il se faisait simplement désirer.

Ça pouvait lui plaire, même si elle devait reconnaître que d'habitude elle ne flirtait jamais avec un homme de façon aussi flagrante. Elle préférait avoir recours à des méthodes plus directes. Souvent comme : « Hé, t'es sexy. Ça te dit de venir mater mon plafond ?

Son plafond à lui, ou à elle, peu importe, les deux se valaient, tant qu'il n'y avait pas de ventilateur accroché. À force de le regarder tourner, elle finissait par avoir le tournis.

— Regarde ça, Capitaine Prude. Je porte des vêtements. T'es content maintenant ?

— Pas particulièrement. T'as vu ce qu'il y a sur ton tee-shirt ?

Elle baissa les yeux et sourit. Le dessin d'un castor avec des dents de lapin et du rouge à lèvres y était imprimé. On pouvait lire les mots suivants : « *Viens caresser mon Castor* »

— C'est mignon, hein ?

— Je ne me souviens pas que le dernier castor que j'ai vu était si poilu.

Quel pince-sans-rire. Ouaip, il avait clairement remarqué sa petite coupe dans le secteur sud.

— Tu veux le caresser ?

Une fois de plus, il devint immobile, ses yeux scintillant d'un air sauvage, puis, en une seconde, plus rien.

— Bon, assez de jeux de mots comme ça. Parlons affaires. Pourquoi es-tu là ?

— D'après les rumeurs, tu es à la recherche de loups disparus.

— Je ne sais absolument pas de quoi tu parles. La meute va parfaitement bien.

Étant l'alpha en charge du petit groupe de loups en ville, Jeoff était forcément au courant. Et apparemment, Jeoff mentait.

Luna souffla.

— Mon cul, ouais. Vous faites face à des disparitions inexpliquées et d'après ce que j'ai entendu, ceux que tu cherches actuellement ne sont pas les premiers à avoir disparu. Il n'y a pas que ta meute qui a ce problème.

Fronçant les sourcils, Jeoff lui demanda :

— Comment es-tu au courant de ces disparitions ? Je n'en ai parlé à personne.

Elle haussa les épaules.

— Le clan a ses sources, dit-elle en ondulant des sourcils et en souriant.

Leur source était la nouvelle petite amie de Brody qui se trouvait être la sœur de Jeoff, les tenant bien informés de ce qu'il se passait au sein de la petite meute de loups citadine.

— Je ne comprends toujours pas pourquoi tu es là.

Ceux qui ont disparu sont des loups, par conséquent cela ne regarde que la meute.

— Une meute qui se conforme aux règles du clan.

Quand plusieurs groupes de prédateurs se partageaient un territoire, l'un d'eux dominait toujours. Et ici, c'était le clan des lions qui régnait avec Arik, leur chef intrépide qui était à la tête du groupe – avec les lionnes en guise de muscles.

— Aucune règle n'a été enfreinte. Il n'y a rien à signaler. Nous n'avons aucune preuve qu'il s'agisse d'un acte criminel. Aucun indice qui puisse expliquer leur disparition. Je ne vois pas pourquoi le clan devrait s'en mêler.

— Parce que chez nous aussi certaines personnes ont disparu.

---

1. Exercices utilisés pour renforcer les muscles du plancher pelvien

CHAPITRE DEUX

— Comment ça, certains membres de vos clans ont disparu ? demanda Jeoff, même si au fond, il avait plutôt envie de lui dire « *Enlève ce tee-shirt* ». Parce que, même s'il avait demandé à Luna de se rhabiller, en réalité, il la préférait vraiment nue.

Tout ce qu'il avait pu faire pour ne pas bondir et franchir cet espace qui les séparait, c'était s'asseoir en face d'elle. Dès l'instant où il était entré dans son appartement et avait senti ce parfum unique qu'elle possédait – très féminin – il avait ressenti le besoin d'agir de manière très inappropriée.

La lécher de bas en haut.

Non, pas de léchouille. Pas avec cette femme. Surtout pas avec cette femme.

Jeoff avait des principes bien définis en ce qui concernait le fait de ne pas sortir avec des filles du clan, même si les demoiselles en question – dont certaines n'agissaient pas vraiment comme des demoiselles – essayaient sans cesse. Ce n'était pas parce que les lionnes n'étaient pas attirantes.

Elles étaient magnifiques, enjouées et directes. Mais elles causaient également des drames et avaient un fonctionnement familial qui faisait honte à la meute.

Être en couple avec une lionne, c'était accepter de ne plus jamais avoir de vie privée.

Jeoff ne s'en sentait pas capable. Tout comme il ne se sentait pas capable de gérer cette femme insolente qui se trouvait devant lui, une femme qui ne s'inclinait devant personne, excepté devant le roi du clan, Arik. Et encore, parfois, même ça, c'était incertain.

Il réalisa que pendant qu'il réfléchissait, elle n'avait cessé de lui parler et il ne comprit que le dernier mot de sa phrase.

— Pas de queue ? répéta-t-il d'un ton interrogatif.

Elle leva les yeux au ciel et soupira.

— Tu ne m'écoutais pas ou quoi ?

— Non.

— Tu aurais dû être un lion, ricana-t-elle. Je disais qu'un couple d'un autre clan qui était venu nous rendre visite avait disparu il y a un mois.

— Comment se fait-il que je n'aie pas été au courant ?

L'une des responsabilités de Jeoff envers le clan était d'assurer la sécurité. C'était lui qui dirigeait la société qui employait des humains et des loups comme détectives privés et gardes du corps.

— Parce que nous venons juste de l'apprendre. Nous pensions tous qu'ils avaient continué leur road trip et étaient rentrés chez eux. Sauf que la semaine dernière, la sœur de la femme qui a disparu nous a appelés, la cherchant. Il s'avère que personne ne les a vus depuis qu'ils ont quitté leur hôtel ici.

Cela ressemblait étrangement à sa propre affaire. Un couple de loups portés disparus, dont la maison avait été vidée. Il n'y avait eu aucun signe d'acte criminel ni aucun message pouvant indiquer où ils étaient partis.

— Est-ce le seul cas que vous avez eu ?

Luna secoua la tête, faisant valser sa queue de cheval négligée.

— En banlieue, un couple de tigres récemment mariés a également disparu. Le même bordel. La maison était vide. Leurs comptes bancaires ont été fermés. Comme s'ils n'avaient jamais existé.

— J'imagine que vous n'êtes pas allés voir les flics ?

Le regard qu'elle lui jeta, plein de mépris et légèrement moqueur, répondit à sa question.

— Il semble donc que nous ayons un dénominateur commun dans ces disparitions. Je ne comprends toujours pas pourquoi tu es là. Tu n'as clairement pas besoin d'informations.

Bon sang, c'était plutôt lui qui devrait la cuisiner pour obtenir d'autres informations, car elle semblait savoir pas mal de choses.

Cloue-la au sol et fais-la parler.

Quelque part, il doutait que le fait de lui enfoncer une certaine partie de son corps dans la bouche ne l'incite à parler. À moins qu'il puisse déchiffrer ses marmonnements.

— Le patron veut que je travaille avec toi.

Le patron étant Arik.

— Il semble croire que tu es un expert pour traquer les gens, continua-t-elle.

Elle donna son avis sur la question en levant les yeux au ciel de manière assez éloquente. Les lionnes étaient de très bonnes chasseuses et n'avaient pas besoin qu'on les aide.

Je me suis renseigné discrètement, mais jusqu'à présent je n'ai pas trouvé grand-chose. Les voisins n'ont rien vu ni entendu.

Et il n'avait pu trouver aucun indice, notamment parce que le plafond de l'appartement du dessus s'était effondré à cause d'une inondation, effaçant les odeurs et ne permettant pas de traquer quoi que ce soit.

— Les voisins n'ont pas remarqué le camion de déménagement et des types qui embarquaient tout le bordel ? demanda Luna en levant un sourcil.

— Oh, si, ils l'ont remarqué, mais n'ont pas trouvé cela bizarre. Les gens déménagent souvent.

— Alors, où est passé tout le bordel ?

Il haussa les épaules.

— Aucune idée. J'ai effectué des recherches sur l'entreprise de déménagement. L'un des gars de l'immeuble a aperçu son nom : Entreprise Déménager et Recommencer à Zéro, mais je n'ai pas réussi à les localiser. C'est l'une des raisons pour laquelle je commence à suspecter un acte criminel.

Même si Jeoff n'exigeait pas des membres de la meute qu'ils l'informent de tous leurs déplacements, la moindre des politesses était quand même de le prévenir s'ils comptaient partir. Mais comme tout le monde avait été surpris par leur disparition, leur patron et leurs amis, ainsi que leur famille, plus cette façon étrange de tout effacer comme s'ils n'avaient jamais existé, Jeoff commençait à croire que quelque chose était arrivé au couple. Quelque chose de grave.

— C'est la même entreprise qui a déménagé les affaires des tigres. Donc nous avons clairement affaire à une sorte de complot. Moi je dis qu'on doit les écraser, dit-elle en frappant son poing dans sa paume de main.

— Super plan, sauf que nous devons d'abord trouver le responsable.

— Y a-t-il des suspects ?

Il secoua la tête et prit une autre gorgée de sa bière avant de lui répondre.

— Non, rien. Pour autant que je sache, ils n'avaient pas d'ennemis. Personne ne semblait suspecter qu'ils n'étaient pas des humains. Ils étaient appréciés.

— Et qu'en est-il de leurs loisirs ? Mon couple disparu ne semble pas avoir de points communs à part le fait qu'ils étaient jeunes. Ceux qui étaient à l'hôtel et qui ont disparu étaient tous les deux des lions. En forme, blonds et assez aisés. Les gens qui résidaient dans le même hôtel qu'eux ont dit qu'ils avaient l'air très amoureux. Mais qu'est-ce qui nous dit que le type n'a pas pété un plomb pour ensuite la tuer avant d'effacer toute trace et de s'enfuir avec leur argent ?

Pendant un instant, il la fixa du regard.

— Tu crois vraiment que c'est ce qui s'est passé ?

— C'est possible, mais pas comme je l'imagine. J'ai rencontré le gars en question. S'il s'est passé quelque chose, c'est plutôt elle qui l'a tué pour ensuite cacher son corps. Le gars était une sacrée minette.

— En même temps, c'était un lion. J'imagine qu'il n'a pas pu s'en empêcher, rétorqua-t-il en retenant un ricanement.

Elle ne put s'empêcher d'avoir un sourire désolé.

— Ce n'est pas pour rien que Lionel n'a jamais candidaté pour aucune position au sein de son clan. Donc je doute qu'il ait été l'instigateur de cette disparition. Quant à Kammie – elle haussa les épaules – je ne l'ai rencontrée qu'une seule fois. Elle m'a paru normale.

— Ce qui, vu les personnes avec qui tu traînes, n'est pas vraiment un exemple.

— T'es en train de critiquer mes amies là ? dit-elle en lui jetant un regard incendiaire. Fais très attention, le loup. Tu ne sais pas ce que je pourrais mettre dans tes croquettes si tu me mets de mauvaise humeur.

— Ah, parce que jusqu'à présent tu étais de bonne humeur ? se moqua-t-il, piquant volontairement la lionne déjà agacée.

Elle sourit.

— Ça se voit non ? Pas de flics ni de sang en vue.

— En parlant de sang, j'ai besoin de manger.

— De manger ? Mais il n'est que cinq heures, dit Luna en fronçant le nez. On a déjeuné il n'y a pas longtemps.

— Si tu es un hibou, oui.

Contrairement à certaines espèces plus nocturnes, Jeoff avait un rythme très diurne. Debout à six heures. Au travail à huit heures, le déjeuner à midi et le dîner vers cinq heures. Il n'avait pas besoin que son estomac le lui réclame.

— Tu n'as qu'à te changer pour être plus à l'aise pendant que je nous prépare une connerie à manger, dit Luna.

— Je t'interdis d'aller dans cette cuisine.

Oui, il venait de la menacer. Il avait déjà entendu parler des piètres capacités culinaires de Luna, souvent accompagnées de gesticulations alors que les gens s'étouffaient ou régurgitaient.

— Tu vas cuisiner pour moi ? Je n'ai pas vraiment faim, mais je suis sûre de pouvoir manger un bout si on va dans la chambre.

Fini la comédie. Luna lui faisait une proposition audacieuse.

— Nous ne coucherons pas ensemble et je ne me changerai pas non plus. Je suis parfaitement bien dans cette tenue. Et comme tu ne sembles pas vouloir en venir au fait, je vais me préparer un sandwich en attendant que tu me dises enfin quelles sont les raisons de ta visite.

— Je croyais qu'on s'était assurés de travailler sur la même affaire. N'est-ce pas une raison suffisante ?

— Tu aurais pu simplement appeler. M'envoyer un email. Un texto. Tu aurais pu faire tout un tas d'autres choses au lieu de traverser la moitié de la ville pour venir me harceler.

— Personne ne t'a jamais appris que la traque et le harcèlement sont plus efficaces quand on vient en personne ?

Son clin d'œil et l'inclinaison sournoise de ses lèvres lui firent presque lâcher les œufs qu'il tenait dans sa main.

Tu peux avoir peur, très peur. Une lionne nous a dans sa ligne de mire.

Et non, il ne comptait pas se rouler par terre en lui demandant de lui chatouiller le ventre avec ses griffes.

Il voulait plutôt qu'elle le gratouille dans le dos !

CHAPITRE TROIS

L'expression sur son visage lorsqu'elle lui avoua qu'elle le traquait, se révéla très amusante. Mais le regard enflammé qui suivit l'intrigua beaucoup. Il se tourna vers le réfrigérateur, cachant son visage, et lui parla, face à l'intérieur du frigo froid, une merveille en acier inoxydable – présentant désormais la marque d'une main qui indiquerait à tous ceux qui entreraient que Luna était là.

On devrait carrément mettre une marque comme celle-là sur le loup aussi.

Sa fichue féline intérieure semblait vraiment avoir un faible pour le canin. Une friandise interdite – une friandise qui continuait de lui résister. Ne savait-il pas que les défis ne faisaient que renforcer sa curiosité et sa détermination ?

— Alors comme ça tu as voulu me harceler en personne. Tu m'as l'air prête à tout, mais si tu deviens un peu trop téméraire, je risque de sortir le spray et de te donner une bonne giclée.

Il méritait totalement le coup de pied qu'elle lui donna

en visant ses fesses. Mais ce à quoi elle ne s'attendait pas, c'était qu'il s'éloigne du frigo en pivotant, attrape son pied et le maintienne en hauteur. Elle croisa les bras, comme si le fait qu'elle ne tienne que sur une jambe, en portant seulement un tee-shirt, n'était pas étrange. Un tee-shirt qui ne tombait pas assez bas pour tout couvrir.

Il le remarqua. L'effort qu'il fit pour rester un gentleman fut remarquable, son regard luttant pour rester focalisé sur son visage.

— Tu ne sais pas te tenir ou quoi ? demanda-t-il.

— Non.

— J'exige que tu t'abstiennes au moins de donner des coups de pied.

— Ose utiliser ton spray en me giclant dessus et je ferai bien pire que ça.

Un sourire diabolique étira ses lèvres, un sourire qui fit totalement ronronner son moteur érotique.

— Pas de giclée ? Et moi qui croyais que c'était justement ton objectif en flirtant avec moi.

Comment osait-il tourner ça en sous-entendu sexuel ? Elle aurait dû y penser en premier.

— Et c'est moi qui suis difficile à comprendre ? Rappelle-toi de ce moment quand on sera tous les deux nus dans les bois et que je me ferai un devoir de me moquer de toi en te pointant du doigt.

Relâchant son pied, il se détourna et fouilla à nouveau dans le réfrigérateur, ressortant cette fois-ci avec plusieurs récipients scellés, du fromage, une tomate, de la laitue et un peu de mayonnaise.

— Est-il utile de te demander pourquoi exactement nous serions nus dans les bois ?

— Parce que nous allons inspecter la maison des tigres en banlieue.

— Je croyais que tu avais dit que celle-ci était vide.

— Oui, mais comme les événements sont encore frais, j'aimerais que tu ailles l'inspecter, que tu te serves de ton nez.

— Je n'ai pas besoin d'être nu pour ça.

— Eh bien, ton loup aura l'air très drôle quand tu courras dans les bois avec un slip moulant.

Il termina de préparer son sandwich.

— Tu sais, c'est dans les moments comme ça que je me souviens pourquoi je déteste avoir affaire à des lions.

— Et pourtant, tu restes en ville et continues de travailler pour nous.

— Apparemment, je suis un masochiste.

Il prit une bouchée de son sandwich et gémit.

Bon sang, elle aussi avait envie de gémir. Ce truc était une œuvre d'art. Une beauté majestueuse sur un panini croustillant. Elle l'avait vu le confectionner pendant qu'ils parlaient, cela paraissait si facile – et délicieux. Badigeonné de beurre, puis légèrement toasté sur un grill électrique, le pain croustillait alors qu'il tranchait de minces morceaux de rosbif, qu'il avait ensuite déposés sur le sandwich avec des tranches de bacon froid et des petits morceaux de bœuf. Il avait également ajouté un peu de fromage au-dessus avant de le placer à nouveau sur le grill. Quand le fromage s'était mis à faire des bulles, il l'avait posé sur une assiette, rajoutant un peu de mayonnaise parfumée au basilic sur le dessus, deux tranches de tomates, un peu de laitue, et *voilà*, c'était un sandwich qu'on avait envie de voler.

Ce qu'elle fit en prenant immédiatement une bouchée.

— Humm. C'est tellement bon.

Elle ne savait même plus le nombre de fois où il avait lâché un soupir, mais il augmenta à nouveau le score quand il confectionna, entre deux regards noirs, un deuxième sandwich. Quand il eut fini de le préparer, il resta loin d'elle. Mais il ne craignait rien. Celui qu'elle avait volé l'avait suffisamment comblée.

Elle sauta sur le comptoir, grimaçant presque alors que son cul nu heurtait le granit froid.

— Maintenant que nous avons le ventre plein, tu es prêt à partir à l'aventure ?

— J'imagine qu'il n'y a pas de seconde option ?

— Ne fais pas ta princesse. Ça va être marrant. À moins que t'en aies vraiment une toute petite, là ça pourrait être gênant pour nous deux.

— La seule chose qui soit minime chez moi c'est ma patience, grogna-t-il. Allons-y et finissons-en. Plus vite on le fera, plus vite je pourrai rentrer chez moi et me détendre.

— Crois-moi mon loup, je préfèrerais être en compagnie de mes copines, en train de boire de la tequila et de jouer aux fléchettes.

— Je croyais que le bar vous avait bannies.

— Oui. Quelle bande de rabat-joie. Ce n'est pas comme si on avait arraché l'œil de quelqu'un.

L'humain ne pouvait s'en prendre qu'à lui-même. Choper le cul de Reba comme ça, pff, il méritait totalement ce qui lui était arrivé.

— Donne-moi une minute pour revêtir une tenue un peu plus pratique.

Il quitta la cuisine et quelques secondes plus tard, une porte claqua. Apparemment, il cherchait un peu d'intimité.

On devrait aller jeter un coup d'œil. Parce que ça lui ferait péter les plombs et bizarrement, elle adorait faire ça. Même si Luna connaissait Jeoff depuis des années, c'était probablement la première fois qu'elle discutait aussi longtemps en tête à tête avec lui.

Plus il la repoussait, plus il était sexy.

Étant donné qu'avant il était super sexy, désormais il l'était royalement. Ne savait-il pas que le fait de jouer les difficiles était très excitant ?

Quand il sortit de la chambre, il ne portait plus ses lunettes. Dommage, elle les aimait plutôt bien. Sans elles, il avait un regard perçant. Ses yeux étaient vert foncé, le vert d'une forêt au crépuscule. Juste avant, quand Jeoff portait son costume, elle n'avait eu qu'une vision globale de sa silhouette, mais dans son tee-shirt noir et moulant, elle avait le privilège d'apercevoir son corps élancé, tonique et bien dessiné. Un homme qui était musclé, mais pas trop imposant.

Son tee-shirt lui moulait le torse et couvrait la ceinture élastique de son jogging, un modèle équipé de boucles discrètes pour pouvoir l'arracher facilement.

— Tu y vas pieds nus ? demanda-t-elle en jetant un coup d'œil à ses grands – oui très grands – pieds.

— Tu y vas cul nu ? rétorqua-t-il.

— Ouais, j'imagine que je devrais mettre au moins mon pantalon pour le trajet.

Ce fut à son tour de pousser un soupir exaspéré, comme si elle était agacée par sa suggestion. Dans un sens, elle l'était. D'habitude, les mecs ne lui demandaient pas vraiment de remettre son pantalon. Sa tante Zelda par contre ? *Si tu comptes faire la roue, mets de fichus sous-vêtements !*

Elle enfila son pantalon et revêtit sa veste pendant qu'il glissait les pieds dans ses chaussures de course et attrapait son manteau. Quand il tendit la main pour prendre ses clés, elle secoua la tête.

— Je ne suis pas venue à pied.

Mais elle omit de lui préciser qu'elle était venue en deux roues, ce qui ne sembla pas beaucoup lui plaire.

— Hors de question.

Jeoff secoua la tête une fois qu'ils furent dehors, sur le trottoir.

Chevauchant déjà la moto, Luna glissa vers l'avant tout en plaçant ses lunettes de protection sur la tête, la seule sécurité qu'elle s'autorisait – parce qu'elle détestait se prendre des insectes dans les yeux.

— Monte. Il y a plein de place.

— Je ne prends pas la place du mort sur ta moto.

— C'est un délire de macho ou quoi ?

Elle démarra la moto, laissant résonner le grondement sourd avant d'ajouter :

— Tu te sens émasculé rien qu'en imaginant le plaisir que j'éprouverai en serrant cette bête d'acier entre mes jambes ?

— Non, je me demande surtout si mon assurance maladie couvrira ma visite à l'hôpital pour l'énorme éraflure que je risque d'avoir si je te laisse conduire.

— Je te signale que ma conduite est parfaite, je sais très

bien faire *ronronner* le moteur. Comme si j'allais laisser mon bébé toucher le sol.

Elle caressa le réservoir d'essence de sa moto, les flammes roses et vives étant probablement l'élément le plus féminin de l'engin.

— Je ne peux pas appeler un taxi plutôt ?

— Pas de problème. Je veux dire, je suis sûre que personne ne va lancer de rumeurs sur le fait que le chef de la meute locale est trop lâche pour monter sur une moto.

Ooh, cette fois-ci elle n'eut pas droit à un soupir, mais à un grognement. Il passa sa jambe par-dessus l'arrière de la moto et elle ne put s'empêcher de lui faire la remarque suivante :

— Tu sais mon loup, ton regard incendiaire me réchauffe de la tête aux pieds.

Et elle en avait bien besoin. Car même s'il n'y avait pas de neige sur le sol, l'air était frais. Très frais. Mais il était chaud, oh, tellement chaud, notamment quand il s'installa derrière elle et enroula un bras autour de sa taille.

— Roule.

Ces mots chuchotés d'une voix rauque la firent frissonner. Peut-être qu'elle força un peu trop sur l'accélérateur. Elle démarra brusquement, mais Jeoff tint bon – contrairement à son ex-petit ami avec qui ça n'avait pas duré. Il avait refusé de faire l'amour à cause d'une blessure superficielle, pff. Mauviette. Inutile de préciser que ça n'avait pas marché entre eux.

Se faufilant à travers la circulation, elle ne put s'empêcher de ressentir une certaine excitation alors que le corps de Jeoff bougeait avec le sien, se penchant et se baissant quand ils prenaient des virages serrés et gagnaient du temps dans les bouchons – et pas une seule personne ne lui hurla qu'elle était tarée. C'était certainement un record.

En moins de trente minutes, elle se gara dans l'allée de la maison déserte qui, il y a moins d'une semaine, hébergeait un couple de tigres amoureux et heureux. Désormais, elle était vide et sombre.

Elle éteignit le moteur. Dans cette quiétude, le seul son qui venait perturber ce silence était le tic-tac chaud qu'émettait le métal alors qu'il refroidissait. Il lui suffit de jeter un coup d'œil à la maison pour qu'un frisson lui parcoure l'échine. D'habitude, elle ne se laissait pas influencer par ce genre de connerie, la violence faisait partie de la vie. Mais ça... cette disparition systématique de deux personnes, la manière dont leur vie avait été éradiquée, totalement et minutieusement, la faisait flipper.

Jeoff ne bougea pas, ses bras toujours enroulés autour de sa taille.

— Tu as froid ?

Elle secoua la tête.

— Non.

Mais elle ne comptait pas lui faire part de son inquiétude.

Il se moquerait probablement d'elle et à juste titre. Elle aussi avait envie de se moquer d'elle-même. Ce n'était qu'une maison. Rien de plus.

— Comment allons-nous entrer ?

— J'ai la clé.

Elle dut quitter le cocon chaud que lui offrait son corps pour se lever et la sortir de sa poche. Elle tendit la clé brillante rattachée au trousseau.

La plupart des hommes l'auraient arrachée – ceux qui étaient des félins en tout cas. On ne pouvait rien agiter devant eux sans qu'ils n'aient envie de l'attraper. Pourtant, Jeoff ne saisit pas la clé. Il descendit de la moto et s'avança vers la porte d'entrée, la tête penchée sur le côté. Du bout des doigts, il l'ouvrit.

— C'est quoi ce délire ? Quelqu'un a oublié de verrouiller la porte. Arik va être furieux.

La maison appartenait au clan, ainsi que beaucoup d'autres du même genre, qui les louait à des métamorphes à des prix plus intéressants que ceux du marché. C'était leur façon d'aider ceux qui démarraient dans la vie et qui souhaitaient vivre ailleurs que dans un appartement.

— Ce n'était pas un accident. Quelqu'un l'a enfoncée.

Il pointa le cadre fissuré du doigt. Il s'agenouilla et elle remarqua ses narines qui se dilataient alors qu'il inspirait.

— Je ne sens qu'une odeur.

— Humaine ?

— Peut-être. Qui que ce soit, il s'est beaucoup parfumé à l'eau de Cologne.

Il se pencha plus bas et renifla le perron, les mains posées sur le béton.

— Il portait également des chaussures de course, assez neuves.

Se relevant, il essuya ses mains sur son pantalon.

— On y va ?

Ouvrant grand la porte, il entra en premier. Pff, l'imbécile. Il essayait de jouer les héros pour profiter en premier des trucs sympas.

Elle le rejoignit rapidement à l'intérieur. Ils s'arrêtèrent tous les deux dans le hall. Une odeur âcre flottait dans l'air.

— Est-ce que c'est..., commença-t-elle en fronçant le nez. Du pipi ?

— Du pipi et quelque chose d'autre, murmura-t-il en penchant la tête vers le salon.

La moquette avait servi d'éponge pour ceux qui étaient entrés par effraction.

— Foutus vandales. Il va falloir qu'on fasse appel à des gars de la maintenance pour enlever et remplacer ça, dit Luna.

Mais Jeoff n'écoutait pas ses remarques pragmatiques. Il entra dans ces toilettes improvisées et prit une grande inspiration.

— Ceux qui ont fait ça ont mangé des asperges avant, dit Jeoff qui pensait à voix haute. L'odeur est bien distincte quand elle est expulsée par l'urine.

— OK, ils ont mangé des asperges, et alors ? Pourquoi est-ce important ?

— Parce que c'est probablement intentionnel. C'est l'un des aliments qu'une personne peut ingérer afin de masquer sa vraie nature.

— Et comment tu sais ça ?

— Parce que je m'occupe de la sécurité. Parfois, le fait de se cacher à la vue de tous peut être utile. Et manger des asperges et bien plus appétissant et agréable que de s'asperger d'un parfum toxique.

— Camoufler son odeur est complètement tordu, grommela-t-elle. Je ne cherche jamais à cacher qui je suis.

— Ça c'est parce que tu ne connais pas le mot discrétion.

Oh si, elle savait très bien ce qu'était la discrétion. Elle choisissait seulement de ne pas en faire preuve.

Luna préférait toujours dire la vérité – même si ça faisait mal.

Jeoff quitta le salon pour s'aventurer un peu plus loin dans la maison, passant sa tête par l'embrasure de la porte pour jeter un coup d'œil à la salle de bains du rez-de-chaussée. Il s'arrêta un instant dans la tanière vide – c'est-à-dire le bureau, pas une tanière d'ours. À l'arrière de la maison, ils découvrirent encore plus de désordre.

Les mains sur les hanches, Luna secoua la tête en remarquant les placards dont les portes étaient toutes grandes ouvertes, certaines pendaient de travers, d'autres avaient eu les charnières arrachées et jonchaient le sol. Encore des travaux de rénovation à faire. Arik n'allait pas être content, mais qui aurait pu prédire ce genre de vandalisme inutile ? Ce n'était pas comme si d'autres personnes, autres que celles qui avaient été triées sur le volet par Arik, étaient au courant que la maison était vide. Cela ne faisait que quelques jours que le couple avait disparu.

L'odeur d'urine n'était pas forte dans la cuisine, notamment quand elle ouvrit la porte du sous-sol et qu'un nuage de gaz nocif s'en échappa.

— On dirait qu'un démon a pété là-dedans, remarqua-t-elle.

— Merde ! Ça sent l'œuf pourri, ce qui veut dire qu'il y a une fuite de gaz. Sors de la maison.

Il se précipita vers la baie vitrée et tâtonna un instant avant de trouver le verrou pour la faire coulisser.

L'arrivée soudaine d'air frais la fit s'avancer vers lui, cherchant à inspirer profondément.

Depuis le fond du jardin, quelque chose de lumineux jaillit de l'obscurité, se ruant droit sur eux.

— Bouge ! hurla Jeoff, l'attrapant et la jetant pratiquement dehors.

Alors que la vitre se brisait avec un tintement caractéristique, elle eut le temps de réfléchir.

Ça ne sent pas bon, se dit-elle avant qu'un souffle d'air chaud ne la heurte dans le dos et la percute.

CHAPITRE QUATRE

La force de l'explosion souleva Jeoff et le fit voler dans les airs. Il savait qu'il devait se replier sur lui-même pour limiter les dégâts, c'est pourquoi quand il heurta le sol il fut partiellement protégé et se releva tout de suite.

Même si le loup en lui voulut immédiatement poursuivre celui qui avait lancé ce cocktail Molotov, sa première préoccupation fut Luna.

Par contre, lui n'était apparemment pas sur sa liste. Un grognement se fit entendre et avant qu'il n'ait le temps de pivoter, il remarqua que sa silhouette dorée bondissait vers les bois. Elle avait réussi à enlever son manteau, mais son jean et son tee-shirt étaient foutus. Il prit quand même ses affaires et courut vers la lisière de la forêt, les laissant tomber en un tas, à l'abri des regards et invisibles depuis la maison dont de la fumée s'échappait et illuminait le jardin sombre grâce aux lueurs orange des flammes voraces.

Il enleva rapidement ses propres vêtements, les laissant tomber par-dessus ceux de Luna, pressé par un sentiment d'urgence. Son loup exigeait qu'ils partent à la chasse et c'était ce qu'ils feraient, mais son autre moitié, humaine, était également pragmatique. Ils ne pouvaient pas vraiment rentrer chez eux en étant à poil. Nu, il s'agenouilla et appela sa bête. Non pas qu'il ait vraiment besoin d'insister. Sa moitié animale psychique n'était jamais loin de la surface.

Sa peau ondula, la fourrure jaillit, ses membres se tordirent et se contorsionnèrent de douleur, une douleur qui aurait mis n'importe quel humain dans un état catatonique. Mais il était fort. Féroce.

Il était un loup...

Alors que ses quatre pattes touchaient le sol, il leva la tête et hurla, un hurlement sinistre qui signifiait : « Je pars à la chasse ».

Il n'eut pas besoin de presser sa truffe contre le sol pour trouver une piste. Tout était si clair pour lui sous cette forme. L'odeur avait presque une couleur et une forme, ses différentes traces étaient visibles et faciles à suivre. Même si au fond il avait envie de poursuivre la féline – et peut-être la coincer contre un arbre – il resta concentré sur la saveur disparate qui flottait dans l'air, celle qui sentait bizarre. La même eau de Cologne qu'il avait senti sur le perron.

Pouvant courir vite sous cette forme à quatre pattes, il bondit à travers la forêt, le parc protégé s'étendait sur des hectares et partait dans toutes les directions, autant d'endroits où pouvait se cacher sa proie.

Au loin, il pouvait entendre le hurlement des sirènes en approche alors que les pompiers étaient en chemin pour sauver une maison désespérément condamnée. De plus près, il pouvait entendre le craquement des feuilles mortes sous ses pattes. Les feuilles éparses tourbillonnaient et bruissaient, marquant son chemin.

Mais il ne cherchait pas à se cacher. Il chassait.

Ceux qu'ils poursuivaient étaient vifs. Jeoff était rapide, mais pas assez, tout comme la lionne. Il rattrapa Luna le long d'une route qui traversait la forêt, longeant l'accotement de gravier, l'odeur persistante des gaz d'échappement des voitures imprégnant toujours l'air.

C'est là que la piste s'arrêtait. Leur proie s'était enfuie.

Luna se transforma à nouveau et quitta sa forme de lionne, puis fit les cent pas, en chair et en os. Une très belle chair nue.

— Merde ! répéta-t-elle plusieurs fois, marchant d'un pas agité.

Il se coucha, la tête sur ses pattes et l'écouta fulminer.

— Je n'arrive pas à croire qu'il m'ait semée. Et sur ses deux jambes en plus ! C'est du jamais vu. Il ne doit pas être humain. Aucun humain ne peut me battre à la course.

Elle n'avait pas tort. Mais s'il n'était pas humain et qu'il n'avait pas l'odeur d'un métamorphe, quelle autre option restait-il ? Jeoff n'avait jamais entendu parler d'un être vivant pouvant distancer un loup et une lionne grâce à ses deux jambes.

— Et qu'est-ce que c'était que cette odeur ? Son eau de Cologne était bien trop entêtante. On pourrait croire qu'il s'est baigné dedans.

Ce qui amenait à la question suivante : pourquoi ? Qu'est-ce que ce pyromane voulait cacher ?

— Moi, ce que j'aimerais savoir, c'est pourquoi a-t-il mis le feu à la maison en essayant de nous faire cuire avec, bon sang ? Avait-il peur qu'on trouve un indice ?

En tout cas, si le pyromane avait laissé quelque chose derrière lui, ils l'avaient raté. Quoi que cela puisse être, cela finirait par être réduit en cendres, laissant planer le mystère autour de cette affaire de tigres disparus.

Elle tourna son regard furieux vers lui, une blonde colérique d'un peu plus d'un mètre soixante. Mignonne comme pas possible, bien que mortelle.

— Et pourquoi tu es encore sous ta forme de chien putain ? C'est parce que tu as peur que je te pointe du doigt en rigolant ?

Elle était encore là-dessus ? Il était temps de mettre fin à sa théorie.

Il changea de forme, le processus inverse n'étant pas plus agréable.

Mais ce qu'il trouva amusant, furent ses yeux qui s'écarquillaient alors qu'elle fixait son entre-jambes sans aucune retenue.

— Waouh. Mais genre, tu t'évanouis du coup quand ce truc devient tout dur ?

CHAPITRE CINQ

Il était difficile de ne pas se moquer de Jeoff qui, le dos droit comme un i, se dirigeait vers la maison en feu, ses pieds nus foulant les feuilles mortes.

— Roh, allez. C'est une question légitime. Je veux dire, tu ne disposes pas non plus de litres et de litres de sang et ce truc est énorme.

— Je ne m'évanouis pas, répondit-il d'un ton sec.

— Est-ce que tu gémis et grognes comme le monstre de Frankenstein ?

— Je parle de manière parfaitement intelligible durant mes relations sexuelles.

— Ah ouais ? Excuse-moi d'être sceptique. Après tout, je ne fais que te croire sur parole. N'hésite pas à me le prouver. Je serais prête à sacrifier ma vertu pour le bien commun.

— Ta vertu ? dit-il en ricanant.

— Hé, t'insinues quoi, là ?

— C'est culotté de ta part. Nous savons tous les deux que tu es loin d'être vierge.

— Il n'y a rien de mal avec le fait d'avoir une bonne libido, grogna-t-elle, mais elle ne pouvait pas rester en colère face à ce cul parfait qui se contractait devant elle. Du coup, c'est quoi le plan une fois qu'on arrive à la maison ? On fait griller des marshmallows ? Ou bien on trouve un pompier sexy. Ils sentent délicieusement bon. Plein de suie et...

Avant même d'aller plus loin dans sa réflexion, elle se cogna contre un corps nu et fut propulsée contre un tronc d'arbre voisin. Des yeux verts, brillants et sauvages lui jetèrent un regard noir.

— Mais tu ne t'arrêtes jamais ? demanda Jeoff.
— Arrêter quoi ?
— De parler.
— Si ça te pose un problème, alors empêche-moi de le faire. Nous savons tous les deux que tu as l'outil parfait pour ça.

Elle ne put s'empêcher de sourire d'un air malicieux.

— Combien de fois vais-je devoir répéter qu'il ne se passera rien entre nous ? Je ne sors pas avec des lionnes. Je doute que ma santé mentale ou mon assurance puissent le supporter.

Bizarrement, le fait qu'il soit si catégorique la contrariait.

— Tu dis ça, mais pourtant tu ne nous as jamais laissé une chance.

Il ne lui avait surtout jamais laissé une seule chance à elle, et ce malgré le fait qu'elle savait qu'il la trouvait attirante. Posez la question à cette érection qui essayait de lui mettre des petits coups.

— Je n'ai pas besoin de te donner une chance, parce que je sais comment ça risque de se terminer.

— Ah oui ?

Malgré ses rejets multiples, elle ne put s'empêcher de caresser sa cage thoracique du bout des doigts.

Il prit une grande inspiration et plissa les yeux, mais elle vit quand même que ceux-ci brillaient. Son rythme cardiaque s'accéléra. Il pencha la tête vers elle et murmura :

— On a de la compagnie.

S'éloignant d'elle en pivotant, il fléchit les genoux, prêt à la défendre.

Comme c'était mignon.

Mais inutile. Elle soupira.

— T'as vraiment un mauvais timing, Reba.

Son amie à la peau couleur moka sortit de derrière les arbres. Elle tint la veste en cuir de Luna d'une main tandis que le reste de leurs vêtements était placé sous son bras.

— Je dirais que mon timing est plus qu'impeccable au contraire. Sérieusement, Luna, tu joues avec un chien dans un moment pareil ?

Luna saisit la veste quand celle-ci fut lancée dans sa direction. Mais cela aurait été bizarre de ne la porter avec rien en dessous.

— Comment nous as-tu retrouvés ? demanda Luna, tout en attrapant discrètement la pile de vêtements de Jeoff.

Même si son slip était un peu grand, il couvrait ses fesses et son tee-shirt permettait de cacher le reste. Mais cela ne l'aida pas à affronter le froid pour autant. Il ne faisait pas vraiment assez chaud pour se promener à poil, surtout maintenant que Jeoff avait l'air renfrogné.

Elle avait été si proche de pouvoir le goûter. Un instant

gâché par Reba qui lui avait cassé son coup, pour ça elle était la reine.

— Je rendais visite à ma grand-mère. Elle habite quelques rues plus loin. Je suis venue voir ce qui avait ramené la sirène des pompiers et j'ai vu ce qu'il restait de ta moto.

— Ce qu'il en reste ?

Oubliant qu'elle était toujours pieds nus, portant seulement un tee-shirt pour homme et un manteau, Luna bondit, mais elle ne courut pas assez vite pour sauver son précieux trésor.

Quand Jeoff la rejoignit, elle était agenouillée à côté de sa moto, essayant d'étouffer ses sanglots. Dans la précipitation, quand les premiers intervenants étaient arrivés sur les lieux, son précieux bébé avait été renversé sur le côté et traîné hors de l'allée pour faire de la place aux pompiers et leurs tuyaux.

La cendre l'avait recouverte d'un film sale, les braises chaudes avaient entamé le siège en cuir cousu main et le réservoir avait été raclé et cabossé à cause des terribles dégâts qu'on lui avait infligés. Elle la caressa.

— Tout va bien, bébé. Maman va tout arranger.

— Est-ce qu'elle va bien ? demanda une inconnue.

Luna l'entendit, mais ne répondit pas. Rien n'irait bien tant que son bébé ne serait pas réparé.

Snif.

— Elle était très attachée à sa moto, répondit Jeoff.

— Je vous ai vu arriver avec. Vous êtes les nouveaux locataires ? J'imagine que vous n'allez plus pouvoir emménager du coup.

Luna l'écoutait à moitié alors qu'elle serrait sa moto dans ses bras.

— À vrai dire, nous sommes des amis du couple qui habitait ici avant. Nous sommes venus leur dire bonjour, mais nous avons remarqué qu'ils étaient partis.

— Ouais, c'est étrange comme ils ont vite déménagé. Petunia n'a jamais mentionné qu'ils partaient.

— Ah donc vous vous connaissiez ?

Luna les regarda du coin de l'œil et remarqua que Jeoff, vêtu de son pantalon, de sa veste et portant des chaussures, discutait avec une petite rousse fine et vêtue d'une robe légère. Une très petite robe.

Grrr.

— Oui, j'ai bavardé avec Petunia à plusieurs reprises. Elle était très drôle. Elle et son mari essayaient toujours de nous motiver à sortir avec eux.

— Pour aller où ?

— Dans des clubs privés pour faire la fête. Mais nous n'y sommes pas allés.

— Vous n'êtes pas allés en boîte de nuit ? insista Jeoff.

— Oh, détrompez-vous, j'aime faire la fête, mais Petunia n'aimait pas spécialement les boîtes de nuit classiques. Elle et son mari préféraient les trucs un peu plus coquins.

— Coquins à quel point ? demanda Jeoff en chuchotant d'une voix rauque.

Et cette garce de rousse – qui n'était clairement pas une bonne petite amie – n'y resta pas indifférente.

— Vraiment coquins, genre des clubs échangistes.

Bonté divine, voilà quelque chose que Luna ignorait.

— Ah bon ? Je ne savais même pas qu'il y en avait dans le coin.

— Il n'y en a pas beaucoup. La plupart sont juste des endroits où quelques couples se réunissent. Mais il y avait ce club, en ville, vers le quartier des entrepôts. Elle n'arrêtait pas de nous dire qu'on devait y aller.

— Est-ce que vous vous souvenez du nom de ce club ? Je connais quelques amis qui pourraient être intéressés.

La rousse se tapota le menton.

— Arf. Je ne m'en souviens pas. Je sais que c'est un nom bizarre. Une histoire de jungle et de zoo.

C'était le seul indice dont Luna avait besoin. Elle se releva immédiatement et rejoignit la conversation.

— Est-ce que la Ménagerie de la Forêt Tropicale vous dit quelque chose ?

Luna en avait entendu parler, mais elle n'y était jamais allée. Elle préférait faire la fête non loin de chez elle, pour pouvoir rentrer facilement en rampant ou trébuchant.

— Savez-vous s'ils y sont allés quelques jours avant leur disparition ? demanda Luna.

Mais elle le fit peut-être de manière un peu trop agressive.

La rousse fit un pas en arrière.

— Je ne sais pas. C'est pas comme si je les surveillais. Et qu'est-ce que vous voulez dire par disparition ? Je croyais qu'ils avaient déménagé.

Jeoff apaisa la voisine.

— Oui, ils ont déménagé. Ils sont très heureux dans leur nouvelle maison.

— Mais je croyais que vous aviez dit que…

— Vous pouvez nous excuser un instant ? Je crois que notre amie nous fait signe de l'autre côté de la rue.

Effectivement, Reba leur faisait signe de la main et Luna autorisa Jeoff à l'écarter de sa moto. Elle se blottit dans son manteau, l'intérieur chaud ne servant pas à grand-chose pour ses jambes et ses pieds nus.

— Qu'est-ce qui se passe mon chat ? demanda-t-elle.

— Les flics veulent vous parler afin de comprendre ce qui s'est passé, dit Reba en penchant la tête sur le côté et Luna ne put masquer son gémissement.

— Oh non, pas les poulets. Ils me détestent.

— Mince, je me demande pourquoi, remarqua Jeoff avec ironie.

— Ne commence pas, le loup. Je suis déjà de mauvaise humeur.

— Ta moto pourra être réparée. Je connais un gars. Laisse-la-moi et il s'en occupera.

— Et pour les flics ? Qu'est-ce qu'on est censé leur dire ?

Parce qu'ils ne pouvaient pas vraiment cacher le fait qu'ils n'étaient que partiellement habillés et sur les lieux du crime. Sa moto garée devant étant le plus gros indice.

— Laisse-moi gérer ça.

Il enroula ses doigts autour des siens et ils se dirigèrent vers les deux flics. L'un était humain, l'autre non.

— Salut Ralph et Clive, dit Jeoff en leur faisant un signe de la tête.

— Tu les connais ? murmura-t-elle.

— Bien sûr que je les connais. Parfois, pour mon travail, je dois collaborer.

— Jeoff, je voulais t'appeler et te remercier pour ton

tuyau sur l'exhibitionniste. On a fini par l'attraper. Maintenant, les seules choses à qui il montre sa bite, ce sont les caméras de surveillance du commissariat.

— Pas de problème. C'est toujours un plaisir de vous aider, répondit Jeoff avec un grand sourire.

Clive, un ours que Luna avait déjà croisé auparavant – généralement parce que quelqu'un avait appelé les flics à propos de la fille ivre – tenait un calepin et un stylo.

— Vous voulez bien nous dire ce qu'il s'est passé ici ?

— C'était un truc de dingue, dit Jeoff. Luna et moi étions en train de visiter la maison, parce qu'on pense bientôt emménager ensemble.

— Ah oui ? s'étonna Clive en levant les sourcils.

Bon sang, Luna devait avoir l'air tout aussi choquée face à ce mensonge.

— Je ne savais même pas que tu fréquentais quelqu'un, continua ce dernier.

— Ouais, on est restés assez discrets. Mais désormais on aimerait passer à l'étape supérieure, alors on a visité la maison et testé les différents appareils électroménagers, tu sais pour nous assurer qu'ils fonctionnaient correctement. Comme vous le savez tous les deux, j'aime beaucoup cuisiner.

— Oui, ces bouchées au rhum que tu avais préparées pour la fête de Noël étaient incroyables, dit Ralph frottant son ventre rond.

— Enfin bref, j'imagine que la valve a mal fonctionné et que le gaz n'a pas été coupé. Nous ne le savions pas et nous sommes allés jeter un coup d'œil au jardin. Quand nous sommes retournés à l'intérieur, Luna a appuyé sur l'interrupteur près de la porte du fond et bam ! Tout a explosé.

— Donc c'était un accident ?

Clive griffonna dans son carnet.

— Absolument. Nous sommes vraiment désolés. J'aurais aimé sentir l'odeur du gaz avant qu'on sorte dehors.

— Eh bien, au moins comme ça c'est clair et net. Je vais m'occuper de rédiger le rapport. Si vous pouvez passer d'ici un ou deux jours pour le signer, ce serait super.

Clive referma son calepin, mais Ralph fronça les sourcils.

— Attends une seconde mon vieux. J'ai quelques questions à leur poser, par exemple où sont vos vêtements ? Et pourquoi ne porte-t-elle pas de chaussures ? dit-il en pointant du doigt les orteils nus de Luna.

Mais cette dernière avait déjà préparé sa réponse.

— Mon petit-ami ici présent essaie simplement de ne pas salir ma réputation. Quel amour, dit-elle en rigolant. Vous voyez, en vérité, la raison pour laquelle le poêle est resté allumé, c'est parce que j'ai dû accidentellement attraper et tourner un bouton quand Jeoff me prenait comme une bête sauvage sur le comptoir.

CHAPITRE SIX

Je n'arrive pas à croire qu'elle ait dit ça.

Non, en fait il pouvait totalement y croire. Le vrai problème, c'était que s'il avait été un homme faisant preuve de moins de sang-froid, cela aurait pu arriver.

Comme les pompiers géraient la situation et que les flics étaient satisfaits de leur déposition, Reba les raccompagna en voiture et les déposa sur le chemin du retour en retournant à son appartement. Bizarrement, Luna voulut rester avec Jeoff, prétextant qu'ils devaient discuter.

La seule chose avec laquelle il avait envie de discuter était une douche afin de se débarrasser de la puanteur de la fumée sur sa peau. Comme son appartement disposait de deux salles de bains, ils pouvaient tous les deux prendre une douche en même temps, l'un plus rapidement que l'autre. Il était encore en train de rincer le savon sur son corps quand elle se mit à lui parler.

— Alors, tu crois que Ralph a cru à notre histoire ?

Jetant un coup d'œil à travers le rideau de la douche, il

vit que Luna ne portait qu'une serviette et rien d'autre alors qu'elle était assise sur le comptoir.

— Je suis sûr que Clive fera en sorte que les faits collent. Tu étais vraiment obligée de venir ici pour en parler maintenant ?

Il se retrancha derrière le rideau et coupa l'eau chaude. Pas besoin de chaleur supplémentaire quand elle était là. Dès que Luna était près de lui, son corps avait tendance à devenir fiévreux.

— Ne me dis pas que tu fais encore ton timide ? Je l'ai déjà vu, mon loup. Et je n'ai pas rigolé.

— Non, à la place tu m'as accusé d'être une sorte de jouet sexuel à peine conscient qui baragouine.

— Seulement parce que tu ne veux pas me prouver le contraire.

— N'y pense même pas.

Non pas parce qu'il n'était pas tenté. Il était bien trop tenté au contraire.

Plaque-la contre le mur et prends-la par-derrière. Son loup se fichait des répercussions. Le besoin primaire était quelque chose de très simple pour sa bête intérieure et son désir lui hurlait de la revendiquer.

Même pas en rêve.

Elle causait déjà bien trop de chaos dans sa vie – et cela ne faisait qu'un jour ! Il n'imaginait même pas ce qui se passerait au bout de plusieurs jours, semaines ou mois. S'il la laissait entrer dans sa vie pour autre chose qu'une aide professionnelle temporaire, cela risquait de le tuer – *mais je suis prêt à parier qu'on mourrait avec le sourire aux lèvres.*

Il y avait quelque chose chez Luna qui réveillait toutes

ses terminaisons nerveuses. Cela lui donnait envie de fumer de l'herbe pour atténuer le choc.

— Alors, c'est quoi la prochaine étape, mon loup ?

— La prochaine étape pour toi, c'est de t'habiller. Prends un pull ou autre chose dans mon placard.

— Roh, il est encore question de s'habiller. Es-tu toujours aussi obsédé par la nudité ?

Seulement quand elle était là. Jeoff coupa l'eau et chercha aveuglément une serviette. Ses doigts rencontrèrent le tissu et il le saisit, l'enroulant autour de sa taille, la serviette chaude et légèrement mouillée…

— Tu m'as donné ta serviette ?!

Sans réfléchir, il tint sa serviette d'une main et tira le rideau. Perchée sur le comptoir, et seulement vêtue d'un sourire, se tenait Luna. Une Luna nue. Étant un homme, un homme manipulé, il la regarda fixement pendant un moment.

— Ne bave pas trop mon loup. Je ne voudrais pas que tu glisses et te blesses.

Pourquoi baver quand il pouvait lécher ? Il effacerait ce sourire de son visage en léchant un endroit plus au sud, jusqu'à ce qu'elle n'ait plus de souffle pour parler.

Enfin, elle pourrait encore dire notre prénom.

Gémir c'était bien beau, mais parfois un homme aimait bien s'assurer qu'elle savait qui remercier.

Sa langue resta dans sa bouche – snif – et la serviette resta autour de sa taille, sans rien dévoiler par accident. Alors qu'il passait à côté de Luna, il fit de son mieux pour détourner le regard, au lieu de l'orienter vers sa poitrine absolument magnifique. Comme si elle allait le laisser s'en tirer avec une telle nonchalance. Elle donna un coup de pied dans sa direction. Il s'écarta pour l'éviter, relâchant sa prise sur la serviette qu'elle lui arracha ensuite des mains.

Mais ce ne fut pas cette nudité soudaine qui lui fit piquer une crise. Ce fut le fait qu'elle fouette ses fesses nues avec la serviette !

Techniquement, ce n'était pas très douloureux, juste une légère brûlure, mais ce coup de serviette mouillée lui fit quand même mal au dos. Il pivota, attrapa Luna par la taille et la fit basculer par-dessus son épaule. Il retourna dans sa chambre et s'assit. Il la malmena pour la coucher sur ses genoux, les fesses en l'air, la tête baissée.

Il y avait plusieurs choses auxquelles un homme pouvait s'attendre en mettant une lionne en position de soumission pour la punir. La repentance : « *S'il te plaît, Jeoff ne me donne pas la fessée. Je serai une gentille fille.* »

Mais venant de Luna ? Très peu probable.

La colère : « *Espèce de fils de pute, je vais te faire bouffer tes couilles !* »

Oui, ça, c'était plus son style.

Il pouvait même clairement s'attendre à une lutte sauvage pour dominer. Mais ce à quoi il ne s'attendait pas, c'était sa curiosité.

Luna leva les yeux vers lui.

— Qu'est-ce que tu attends ? Fais-le.

— Faire quoi ?

Il lui posa la question pour être sûr qu'ils pensaient à la même chose. Après tout, c'était une lionne ; on ne savait jamais.

— Donne-moi la fessée. C'est pour ça que tu m'as mise dans cette position non ?

— Tu as déjà été corrigée avant ?

— Corrigée ? ricana-t-elle. C'est marrant. Et non. Je n'ai jamais rencontré un gars qui avait les couilles d'essayer. Donc je dois avouer que je suis assez curieuse.

Ce qui enleva totalement tout le plaisir. Sans parler du fait que toute cette discussion venait de lui faire revoir son plan initial qui était de faire rosir ses fesses avec sa main.

D'ailleurs, il était important de souligner qu'il n'avait jamais donné la fessée à une femme auparavant. Jamais. Tout comme on ne lui avait jamais donné la fessée non plus étant enfant. La seule raison pour laquelle il y avait pensé, c'était à cause de ce que lui avait raconté un des gars. Sauf que, dans le récit de son pote, la fille ne l'avait pas supplié de lui donner la fessée et ils avaient fini par coucher sauvagement ensemble.

Pas de sexe avec cette lionne. Cela allait mal se finir.

Je la veux.

Les loups n'auraient pas dû avoir le droit de faire un regard de chien battu. Ce n'était pas juste.

Toute cette pression. Il n'aimait pas ça. Reposant Luna sur le lit à côté de lui, il se leva et se dirigea vers son placard.

— Tu vas chercher un accessoire pour me donner la fessée ? On ne peut pas plutôt commencer avec ta main ? Je ne sais pas si j'ai tout de suite envie d'essayer avec une raquette de ping-pong ou un fouet.

Se retournant, il lui jeta un tee-shirt.

— Mets ça. Il n'y aura aucune fessée.

— T'es tellement un rabat-joie, on dirait Debbie Downer[1].

— Ça s'appelle être responsable. Tu devrais essayer parfois.

Sa tête jaillit de l'encolure du tee-shirt, ses cheveux blonds ébouriffés lui cachant un œil. Elle loucha dans sa direction.

— La responsabilité c'est ringard.

— Dans ce cas-là, rentre chez toi.

— Tu pleurniches ou quoi ?

— Non, je te dis de partir parce que tu mens. Tu es responsable. Plus que ce que tu ne crois.

Luna agita son poing dans sa direction.

— Retire ce que tu viens de dire ! Je suis un esprit libre. Je fais ce que je veux, quand je veux, sans devoir rendre de compte à personne.

— Sauf à Arik.

— Normal, c'est le roi.

— Et à ta famille.

— Sans blague.

— À tes amis.

— Où est-ce que tu veux en venir ? demanda-t-elle.

Il se pencha vers elle et ne put s'empêcher de sourire en murmurant :

— Non seulement tu obéis au roi du clan, mais tu aides tes amis et tu es même déterminée à aider les inconnus. Tu es une adulte mature.

— Aaaah, lâcha-t-elle en mimant le signe d'une croix devant elle. Vade retro satana avec tes gros mots.

— Tu te fiches de moi ?

— Ah non pas du tout, avec moi c'est du cent pour cent vrai. Il n'y a pas de plastique là-dedans. Vas-y, touche-les si tu veux être sûr.

— Non.

C'était déjà assez difficile comme ça, avec elle qui

tenait ses seins, comme une invitation. Il sortit de la chambre, renonçant à mettre une chemise pour le moment. Il avait besoin de prendre ses distances avec Luna. Il avait aussi besoin de boire de l'alcool.

Quand il sortit de la cuisine, deux bières à la main – parce qu'il savait qu'elle ne partirait pas aussi facilement – il la retrouva assise sur son canapé.

— Jette-la-moi.

Elle tint ses mains en l'air et attendit. Il lui donna la bouteille avec précaution. On ne jetait tout simplement pas les bouteilles ouvertes comme ça. Il remarqua que son téléphone était posé sur ses genoux, l'écran était allumé affichant une page de recherche.

— Qu'est-ce que tu regardes ?

Il décida de s'asseoir sur un tabouret de bar près du comptoir de sa cuisine. Il aurait pu prétendre que c'était parce que son smartphone était en train de charger juste à côté. Mais en vérité, il avait besoin de prendre ses distances.

— Je cherche des informations sur le club privé, mais il n'y a rien, absolument rien dessus, tu y crois ?

— Impossible. Tu l'as peut-être mal écrit.

Ou peut-être que cet endroit était un peu trop bien caché.

Les heures suivantes s'écoulèrent dans un silence étrange, entrecoupé par leurs anecdotes alors qu'ils analysaient ce qu'ils avaient trouvé comme informations – ou ce qu'ils n'avaient pas trouvé. Au bout d'un moment, il leva les yeux et vit qu'elle dormait sur le canapé, couchée sur le ventre, avec une jambe qui pendait et la bouche ouverte, ronflant doucement.

Ridiculement mignon. Il avait envie de lui caresser la

joue en écartant ses cheveux. De se blottir contre elle et de la serrer contre lui, la gardant au chaud.

Mais à la place, il jeta une couverture sur elle, éteignit les lumières et alla se coucher. Il ne dormit pas, pas tout de suite en tout cas, et quand il le fit, il rêva de poursuites – un lion qui courait après un loup, et le canin finit par monter en haut d'un arbre.

C'était très perturbant, ce ne fut donc pas étonnant qu'en sentant soudain un poids lourd bondir sur son torse et un « Réveille-toi mon loup » il laissa échapper un rugissement presque animal et féroce.

— Ooouh, j'ai peur. Allez, lève-toi.

— Aucun respect, dit-il en gardant les yeux fermés de peur de la voir. Pourquoi es-tu encore là ?

— Parce que j'ai passé la nuit ici.

— Tu n'as pas de chez-toi ou quoi ?

— T'as peur que je m'en aille alors qu'on s'amuse ? Jamais. Je serai là aussi longtemps que tu auras besoin de moi.

— Et personne n'a besoin de toi chez toi ?

— Non. Toutes mes plantes sont en plastique et le seul animal de compagnie que j'ai est virtuel et probablement affamé. Ça fait longtemps que je n'ai pas vérifié comment il allait.

— Tu devrais rentrer chez toi. Tu as besoin de vêtements.

Parce que soudain, il n'eut plus envie de lui prêter ses vêtements. Il ne voulait pas que le tissu qu'il portait contre sa peau ne touche la sienne.

C'est ça, déshabille-la. C'est mieux quand elle ne porte rien.

Voilà qu'il était jaloux de son propre tee-shirt. Il avait dû boire un peu trop de bières hier soir.

— Du coup, pendant que tu dormais toute la journée...

— Nous sommes allés nous coucher après trois heures du matin, la coupa-t-il.

— Petit joueur. Enfin bref, pendant que tu jouais à la Belle au bois dormant, j'ai tiré quelques conclusions intéressantes concernant notre petit club secret.

— On a enfin des infos ? demanda-t-il.

— Non. Elles sont toujours aussi bien protégées. Donc je vais aller visiter les lieux en personne.

— Tu comptes t'infiltrer.

Cet élan soudain de jalousie le prit par surprise. Pourquoi en avait-il quelque chose à faire que Luna se fasse belle et aille s'infiltrer dans un club d'échangistes ?

— Oui, c'est le plan, mais il y a un problème. Si tout se passe comme dans la plupart des clubs échangistes, alors ils n'accueilleront que les couples et les femmes célibataires.

— Et ? Je ne vois pas où est le problème. Tu es une femme célibataire.

Du moins, aux dernières nouvelles en tout cas. Non pas que Jeoff cherche à être au courant. Il faisait de son mieux pour éviter les filles du clan – c'était assez pénible que sa sœur ressente le besoin de le tenir au courant de tout maintenant qu'elle vivait parmi elles.

— C'est ce que j'ai dit à Arik. Je lui ai expliqué que j'allais vérifier tout ça par moi-même. Mais il semble penser que je devrais amener du renfort et le problème, c'est qu'il a dit qu'emmener mes meilleures copines avec moi n'était pas une bonne idée.

Arik était un chef avisé. Envoyer une lionne en mission

quelque part, c'était déjà chercher les ennuis. Mais alors quand elles se regroupaient par deux ou plus ? Là, plus personne n'était en sécurité.

— OK donc, Arik ne veut pas que tu y ailles toute seule. Ça ne veut toujours pas...

Sa voix se brisa quand il fut soudain saisi d'horreur, un sentiment qui ne fit que s'accroître au fur et à mesure que Luna lui souriait, assise sur son torse. Il secoua la tête, rejetant son idée avec véhémence.

— Oh non. Hors de question. Même pas en rêve.

— Mais je ne t'ai même pas encore dit ce que je voulais. Autre qu'une partie de jambes en l'air parce que ça me démange.

— Tu veux qu'on aille ensemble à ce club et qu'on se fasse passer pour un couple.

— Arrête de me regarder d'un air horrifié. C'était l'idée d'Arik.

— Quand lui as-tu parlé ?

— Ça fait un moment que je suis réveillée.

Et elle était clairement droguée à la caféine ou autre chose pour avoir accepté une telle proposition.

— Qu'est-ce qu'il a dit d'autre ?

— Il a dit que nous devions aller là-bas en tant que couple sérieux. Ça m'a bien fait rire. Comme si on pouvait croire que ça, là, était prêt à se poser avec quelqu'un, dit-elle en désignant sa silhouette et en caressant son corps du bout des doigts.

— Le plus incroyable dans tout ça, c'est que l'on puisse croire que toi et moi ferions un couple crédible.

— On l'a pourtant fait hier avec les flics.

— Pour quelques minutes seulement. Ils étaient

distraits et on s'en est tiré. Mais personne ne pourrait vraiment croire que nous sommes ensemble.

— Qu'est-ce que tu insinues ? demanda Luna, l'air indigné.

— On ne peut pas être plus mal assortis. Je veux dire, je suis le genre de gars qui porte des costumes, qui aime lire et la gastronomie et aller courir tous les jours au parc.

— Premièrement, je pourrais très bien aller courir avec toi. Après tout, il faut bien que quelqu'un te tienne en laisse. Je trouve les livres géniaux, notamment quand il n'y a plus de sable dans la litière du chat, c'est très utile. Et j'adore manger. Si jamais tu veux voir mes talents de *gourmande* – elle lui fit un clin d'œil – tu me dis.

— Est-ce que le chef cuisinier de ta résidence a encore mis de l'herbe à chat dans les muffins ?

— Non, dit-elle en faisant la moue. Apparemment, cette fois-ci c'est une substance initiatique qui te rend ensuite addict aux souris en plastique et qui te donne envie de laper encore plus de crème.

Il ferma les yeux en se pinçant l'arête du nez.

— Pourquoi moi ? murmura-t-il à voix haute.

Bien évidemment, elle l'entendit.

— Je pense que tu seras parfait pour le rôle du faux petit ami parce que s'il y a bien quelqu'un qui a besoin de prendre l'air et de se défouler c'est toi.

— J'ai des responsabilités.

— C'est vrai et selon toi, moi aussi.

Elle prit soudain un ton sérieux, ce qui était plutôt rare chez elle et renforça l'efficacité de son discours.

— J'ai besoin de ton aide, mais si tu sens que tu n'en es

pas capable, je trouverai quelqu'un d'autre pour jouer le rôle du petit ami.

Quelqu'un d'autre ? Hors de question. Comment pouvait-il laisser un autre bougre à la merci de cette folle de Luna ?

— OK, je le ferai.

— Sérieusement ?!

Son exclamation enthousiaste ne le prépara pas à ce qu'elle l'attrape soudain et le serre contre elle, le forçant à s'asseoir.

Elle était plus forte qu'elle n'en avait l'air.

— Qu'est-ce que tu fais ?

Elle enroula ses bras autour de son cou.

— J'habitue juste mon nouveau faux petit ami à mon contact. Je ne voudrais pas que tu sursautes à chaque fois que je fais ça.

Elle se pencha en avant et son souffle chaud lui caressa la peau.

Il frissonna et s'écarta. Non pas parce qu'il en avait envie. Au contraire, il avait envie de sentir ses lèvres contre sa peau parce que cela inciterait ses mains à explorer son corps.

Mais cette exploration entraînerait de mauvaises choses.

De mauvaises choses très agréables. Alors Jeoff poussa Luna de ses genoux avant de glisser hors du lit afin d'avoir un peu d'espace.

Elle grogna.

— Ça ne va pas marcher si tu continues de me rejeter comme ça.

— Je ne te rejette pas.

Une lueur de défi brilla dans ses yeux.

— Prouve-le.

Il y avait beaucoup de choses contre lesquelles un homme pouvait lutter. Il pouvait se prémunir contre la séduction. Se contrôler au lieu de lâcher prise. Faire du sport pour brûler les calories après avoir passé la nuit à boire bien trop de bières. Mais si on le blessait dans sa virilité, il était obligé d'agir.

Avant qu'il ne puisse s'en auto-dissuader, il coinça Luna en enroula un bras autour de sa taille. Puis il l'attira vers lui et la souleva sur la pointe des pieds pour que ses lèvres ne soient qu'à quelques centimètres des siennes.

— Ne t'inquiète pas pour mon jeu d'acteur en public, murmura-t-il contre ses lèvres. Je jouerai le rôle du petit ami aimant tant que tu joueras celui de la femme saine d'esprit. De nous deux, je pense que ton rôle sera le plus dur à interpréter.

Sur ce, il la relâcha, remarquant le « O » de surprise sur ces lèvres ainsi que cet agacement – et intérêt brûlant – dans son regard.

Oh, oh... Je crois que j'ai empiré les choses. Au diable le regard de lynx. Celui d'une lionne était bien plus mortel.

---

1. Personnage fictif du Saturday Night Live

CHAPITRE SEPT

En entrant dans la résidence du clan – là où la plupart des lions et quelques autres espèces égarées avaient choisi de vivre – Luna était toujours autant déconcertée par ce que venait de faire Jeoff. Ce type savait comment faire ronronner son chaton et lui hérisser la fourrure, tout ça avec une seule caresse.

Voilà qui sortait de l'ordinaire. D'habitude, Luna était celle qui perturbait les hommes. Ce retournement de situation ne lui plaisait pas du tout. De plus, ça ne durerait également pas longtemps. Une fois qu'ils auraient découvert ce qui était arrivé à ces gens disparus, elle pourrait à nouveau fantasmer sur Jeoff, mais de loin.

Ou bien je peux profiter de cette opportunité pour faire ce qui me démange. Et ensuite, aller explorer des toisons plus fournies.

— Luna !

Un concert de voix cria son nom alors qu'elle poussait la deuxième porte vitrée du bâtiment. Le complexe résidentiel était le noyau principal de la communauté de métamorphes dans cette zone. Les quartiers généraux pour ainsi dire. Mais alors que les hommes pensaient diriger l'entreprise depuis leurs petits bureaux tous mignons à l'étage, en réalité, le vrai boulot se faisait en bas, dans le hall.

Plusieurs têtes félines se relevèrent alors que des regards ambrés se focalisaient sur Luna. Elle agita la main dans leur direction.

— Ça va les pouffiasses ?

— C'est pas trop tôt, dit Stacey en lui faisant signe. Ramène tes grosses fesses ici. On a besoin que tu nous aides pour un truc.

— Grosses ? dit Luna en saisissant son derrière. Mes fesses sont en acier, ma poule.

— Pour le moment, déclara Nellie d'un ton inquiétant. On a toutes vu ce qui était arrivé au cul de ta mère après qu'elle ait accouché de toi.

Le terme « voluptueux » lui vint à l'esprit. Ce qui lui rappela également des souvenirs traumatisants, quand son père touchait constamment les fesses de sa mère – et le fait qu'il continuait à faire de même après au moins trente ans de mariage. Donc ce n'était peut-être pas une si mauvaise chose qu'elle lui ressemble.

Marchant d'un pas nonchalant vers elles, Luna remarqua que ses copines s'étaient regroupées en un cercle et observaient quelque chose sur le sol.

— C'est quoi ça ? demanda-t-elle en s'arrêtant à côté du cercle et en regardant par-dessus elles.

Deux chaussures se tenaient au milieu du cercle. L'une était un talon aiguille rouge avec de fines lanières et une semelle diaboliquement raide. L'autre était un escarpin noir plus sobre recouvert de cuir mat avec un talon plus épais et le bout fermé.

— Lesquelles penses-tu que Melly devrait porter à son rendez-vous ce soir ?

— Sérieusement ? C'est ça votre urgence ?

Elle leva les yeux au ciel et pointa les orteils nus de Melly du doigt.

— La réponse est cruellement évidente. Il faut qu'elle reste pieds nus, mais seulement après avoir fait une pédicure pour que ses orteils soient jolis quand elle les posera sur les épaules de son rencard.

Parce que les rendez-vous galants, c'était surfait. Quand Luna voulait prendre du bon temps, elle sortait avec ses amis et quand elle voulait prendre du *très bon temps*, elle restait à la maison avec le premier venu qui lui avait tapé dans l'œil.

— Elle a raison ! Je vais plutôt commander à manger chez ce restaurant chinois en bas de la rue. On pourra tremper les doigts dans la sauce.

Melly se mit à sourire et les rires éclatèrent alors qu'elles lui faisaient toutes des suggestions grivoises.

Le problème étant résolu, Luna sauta par-dessus le rebord du canapé et prit place entre les filles.

Stacey se pencha vers elle et renifla.

— C'est quoi cette odeur ?

Un autre nez s'approcha et huma l'air.

— C'est celle d'un canin ? Est-ce que quelqu'un a encore donné à manger à cette chienne errante ?

— Ce n'est pas une chienne errante, répondit Nellie. Elle s'appelle Arabella, c'est la compagne d'Hayder.

— Encore un lion gâché, soupira Stacey.

— On s'en fiche non ? Moi ce que je veux savoir c'est qui pue l'Eau de Chiot ?

— C'est de ma faute, admit Luna. J'étais avec Jeoff.

À vrai dire, elle avait passé la nuit là-bas, mais elle comptait faire exploser cette bombe au bon moment.

— T'étais avec le loup ? Mais pour quoi faire ? demanda Stacey, fronçant son joli nez.

— Il avait besoin d'un bain anti-puces ?

Malgré les accords passés entre le clan et la petite meute locale, il y avait une animosité naturelle entre les félins et le groupe de canins. Celle-ci était bon enfant, mais cela n'arrêtait pas les plaisanteries pour autant.

Pendant un instant, Luna faillit admettre la vérité et expliquer qu'elle et Jeoff enquêtaient sur ce qui commençait à ressembler à un véritable complot orchestrant la disparition de certaines personnes. Il était peut-être temps de leur révéler ce secret. Mais...

Justement, c'était un secret. Non seulement Arik lui avait demandé de se taire, mais Jeoff aussi. Et Jeoff, en tant que patron de la société de sécurité, était un expert. Il y avait une chance minime que quelqu'un au sein du clan soit lié aux disparitions. Si elle en parlait à ses copines et que celles-ci l'ébruitaient, elles risquaient d'effrayer tout suspect éventuel.

Garder ce secret était la chose la plus juste et responsable à faire, mais il fallait quand même qu'elle dise quelque chose aux filles.

— Je sens le chien parce que j'ai passé la nuit chez le loup.

Techniquement c'était vrai.

— Jeoff et moi allons passer du temps ensemble

prochainement – c'était également vrai – en tant que couple.

Imaginez le sifflement d'une bombe en approche puis *Boum* !

Pendant un instant, un silence choqué s'installa, un silence qui ne dura pas longtemps. Les cris ne tardèrent pas à fuser.

— Tu sors avec M. Prout Prout ?

— Un chat avec un chien ? Mais où va ce clan ? gémit quelqu'un.

— Quand t'en auras fini avec lui, ça pourra être mon tour ?

Luna étira les lèvres en un grognement avant qu'elle ne puisse se contenir. Cet élan soudain de jalousie fut inattendu. La question de Nellie était tout à fait légitime. Luna était connue pour sa patience très limitée avec les hommes. Très peu de ses relations avaient duré plus de quelques semaines. Son record avec un gars était de moins de trois mois.

Seulement parce que je n'ai pas encore trouvé le bon. Un homme qui ne la ferait pas quitter son lit pour aller ensuite effacer son propre numéro dans son téléphone.

— Alors, quand est-ce que c'est arrivé ? demanda Stacey. Je ne savais même pas que vous discutiez ensemble.

— Je parie qu'ils ont bien discuté avec la langue, dit Nellie en imitant des bruits de baisers et en mimant une étreinte avec un homme invisible, ce qui les fit toutes éclater de rire.

— Il sort avec *toi* ? demanda Joan qui ne pouvait pas cacher sa surprise.

— Qu'est-ce que c'est censé vouloir dire ? s'énerva Luna.

— C'est juste qu'il est, tu sais, toujours très propre sur lui, tout ça, expliqua Joan en haussant les épaules. Et toi tu es tellement... tu sais... toi quoi.

Sa remarque était étrangement similaire à celle de Jeoff. Bizarrement, Luna en fut vexée.

— Ouais, eh bien nous sommes ensemble et ce soir nous sortons.

— Où ça ? demandèrent plusieurs d'entre elles.

— Dans un club assez chic. Il viendra me chercher dans quelques heures.

— Qu'est-ce que tu vas porter ?

— Des habits, évidemment.

Stacey leva les yeux au ciel.

— Non, sans blague, mais quel genre d'habits ?

— Quoi, ils ne sont pas bien ceux que je porte actuellement ?

Apparemment, beaucoup de choses n'allaient pas avec les vêtements qu'elle avait piqués dans le placard de Jeoff. Heureusement que ses copines étaient plus que disposées à l'aider – c'est-à-dire à la torturer en lui faisant enfiler une foutue robe qui nécessitait d'avoir les jambes épilées – si bien que lorsqu'elle descendit vers neuf heures du soir cette nuit-là, elle était épilée partout où il fallait, les cheveux coiffés et son visage maquillé à la perfection. Elle ressemblait à une call-girl de luxe, portant les talons aiguilles rouges dont Melly n'avait pas voulu. Des talons qui semblaient déterminés à la faire tomber.

Ah, ce qu'elle ne ferait pas pour le travail. Arik avait intérêt à l'apprécier. *Tout comme Jeoff a intérêt à l'admirer.*

Même si elle ne pouvait pas expliquer pourquoi cela lui paraissait important.

Lorsqu'elle entra dans le salon, le bourdonnement des conversations s'arrêta net alors que celles qui encerclaient son faux petit ami se retournaient pour jeter un coup d'œil.

Heureusement, personne dans le hall ne fit de remarque parce qu'elle portait une robe. Mieux encore, aucune des lionnes n'avait osé toucher son rencard. *Bas les pattes, il est à moi.* Du moins pour ce soir en tout cas, et elle reconnaissait qu'il était assez beau pour être à croquer. Jeoff ressemblait à un intello beau gosse dans son pantalon moulant, sa chemise couleur bleu royal à boutons et sa veste noire. Ses lunettes, qui la chamboulaient totalement, étaient posées sur le haut de son nez. Il lui manquait une cravate, mais dans l'ensemble, il était absolument délicieux.

Alors qu'elle se trémoussait vers lui avec ces talons qui claquaient incroyablement fort sur le sol — elle ne pourrait clairement pas surprendre quelqu'un par-derrière avec ces trucs — elle garda une expression neutre lorsqu'il la dévisagea de haut en bas, mais même lui ne pouvait dissimuler cet éclat dans son regard alors qu'il approuvait sa tenue.

— Je ne pensais pas que tu aurais une robe dans ton dressing.

— Attention à ce que tu dis, cabot, sinon tu repartiras sans ta langue.

Il sourit.

— Et ne serait-ce pas du gaspillage quand on sait ce que celle-ci est capable de faire ?

Le sous-entendu la fit trébucher, ou peut-être était-ce les talons. Dans tous les cas, elle tomba vers l'avant, mais n'eut pas besoin de compter sur ses réflexes de félin pour retomber sur ses pattes, car un certain loup vint à sa rescousse. Il la rattrapa et l'aida à se stabiliser, plissant les yeux d'un air amusé.

— Un point pour moi. Je crois que j'ai gagné cette manche.

— Tu comptes les points ?

— Pas toi ? demanda-t-il.

Bien sûr que si, et maintenant qu'il l'avait devancée d'un point, elle allait devoir le rattraper.

— On y va ?

Il tendit le bras et elle enroula le sien autour et quand les filles qui étaient restées dans les parages se mirent à siffler et faire des commentaires obscènes, elle leur fit un doigt d'honneur en leur tirant la langue.

— À plus les pouffiasses !

— C'était vraiment nécessaire ? demanda-t-il en lui tenant la porte vitrée.

La croyait-il incapable de l'ouvrir elle-même ?

C'est ce qu'on appelle les bonnes manières. Les hommes arrogants de son clan n'en faisaient pas toujours preuve.

—Comment ça ? rétorqua-t-elle

— Laisse tomber. Je suis surpris que tu aies sorti le grand jeu pour cette soirée. Ça t'a fait quoi de devoir t'habiller ?

— Ce n'était pas si désagréable que ça puisque les filles ont toutes trouvé que c'était une bonne idée que je ne mette pas de soutien-gorge, et ma culotte est probablement le string le plus fin du monde.

— Quoi ?

Il trébucha sur le trottoir. Pauvre louveteau, il n'était pas aussi gracieux qu'un félin.

— Je suis quasiment nue en dessous. Comme ça c'est plus pratique si jamais on décide d'aller faire crac-crac dans les toilettes du club.

— Nous ne coucherons pas ensemble. Nous allons là-bas pour le travail, dit-il d'un ton sec.

Elle se mit à rire.

— Relax. Je ne vais pas me jeter sur toi.

Enfin, pas tout de suite. Grrr !

— Mais j'ai dû faire croire aux filles que c'était mon intention. Si on veut que cette mascarade fonctionne, il faut qu'en public nous agissions comme un couple, au cas où il y ait un espion parmi nous.

— Même si ça me fait mal de le reconnaître, tu as peut-être raison. Même si j'ai du mal à croire qu'un membre du clan soit impliqué dans ces disparitions.

— Je préfère également me dire que c'est impossible.

Elle détesterait devoir tuer un ami. Parfois, le pardon et les procès n'étaient pas envisageables. Pour le coupable, la justice était rendue d'un coup rapide.

— Espérons qu'aucune de nos connaissances ne soit impliquée, mais jusqu'à ce que nous en soyons sûrs, je préfère jouer la sécurité pour le moment.

— Tu agis à nouveau de manière responsable. Tu ne cesses de me surprendre. Je croyais que les lionnes ne faisaient que prendre des risques.

— Les risques, c'est bien quand nous sommes les seules qui puissent être affectées. Mais quand il s'agit de servir au mieux ceux que je considère comme étant sous ma protection, alors je prends la sécurité très au sérieux. Cependant – elle se pencha en avant – pour ce qui est du plaisir, ne t'inquiète pas. Je suis bien plus sauvage que ce que tu crois, ronronna-t-elle.

Il trébucha à nouveau.

Parfait.

Un bip retentit et les phares d'une voiture garée sur le trottoir clignotèrent.

— Ne me dis pas que c'est ta voiture ? murmura-t-elle, totalement prise en flagrant délit d'adoration, au point de mouiller sa culotte.

Ne vous méprenez pas, elle adorait sa moto, mais les nuits fraîches et les jours de pluie, il était toujours appréciable de profiter du confort d'un véhicule fermé. Comme celui-ci.

— Si, c'est la mienne.

Il s'agissait d'une Ford Mustang 2015 d'un rouge cerise incroyable, rehaussé par un chrome étincelant. Comme c'était étonnant. Elle se serait attendue à quelque chose de bien plus sage de la part de ce loup coincé.

Mais, connaissait-elle vraiment Jeoff ? Certes, il avait un corps très sexy que toutes les femmes avaient envie de sauter – bas les pattes, les pouffiasses – mais en même temps, il était assez distant avec le clan, notamment avec les filles.

Il sort avec des humaines. Sa féline lui fit la remarque en ricanant presque. Ou du moins c'était ce qu'il prétendait parce qu'il ne voulait pas avoir d'ennuis.

Oh, les problèmes c'est bon pour le cœur. Ça nous permet de rester forts.

L'ennui par contre, ça c'est dangereux. Une bête qui s'ennuie est une bête imprudente. Et Luna s'ennuyait souvent.

Mais pas en présence de Jeoff. Il y avait plein de choses intéressantes chez lui. Malgré son apparence d'intello – et puis de toute façon, elle avait du mal à voir ses lunettes comme autre chose qu'un accessoire extrêmement sexy – il n'y avait rien de ringard chez lui.

Si elle ignorait ses costumes et ses lunettes et s'en tenait simplement aux faits, que savait-elle sur lui ? Il dirigeait une société de sécurité, où ses employés étaient un mélange intéressant d'humains et de Lycans, des membres de sa petite meute dont il était l'alpha. Donc, même s'il travaillait pour le clan, il avait des couilles. Certaines filles du clan affirmaient même qu'il jouait de la guitare dans un groupe de musique, encore un truc de mec sexy.

N'oublie pas la télévision. Comment pouvait-elle ignorer le fait que son magnétoscope numérique n'avait pas enregistré un seul combat de l'UFC[1] ? Aucun feuilleton policier. Pas une seule télé-réalité où les candidats pètent des câbles.

Ouais, elle avait fouiné. Sinon comment aurait-elle pu en apprendre plus sur Jeoff ? Mais pourquoi avait-elle besoin d'en savoir plus, ça, il fallait qu'elle en parle avec son psy – autour d'une bière. Son barman préféré faisait croire qu'il travaillait, mais en vérité, il donnait de super leçons de vie.

Longeant la voiture, elle ne put s'empêcher de faire courir ses doigts le long du capot, caressant le métal peint et lisse. Elle était totalement jalouse de sa voiture.

Tendant la main vers la portière, Jeoff la devança, la traitant à nouveau comme une vraie demoiselle – pff. Il lui ouvrit la porte et attendit qu'elle rentre ses jambes pour la refermer.

Elle ne put s'empêcher d'admirer l'intérieur, peut-être même un peu trop.

Ouvrant la porte côté conducteur, il s'arrêta et cligna plusieurs fois des yeux.

— Qu'est-ce que tu fais à ma place ?

Luna lui sourit et tendit la main.

— Je conduis.

— Non, tu ne conduis pas. Bouge de là.

— Roh, allez. Ne fais pas ton toutou grincheux. Je veux voir à quelle vitesse ce bébé peut aller.

— Je préfèrerais arriver là-bas en vie.

— Je te signale que je conduis parfaitement bien. Je sais très bien manipuler le levier de vitesse.

Même si sa main s'enroulait autour du pommeau du levier en question, elle baissa les yeux, fixant un point en dessous de sa ceinture.

Il se racla la gorge.

— Ma réponse est toujours non. Et en tant que faux petit ami, j'insiste pour que tu m'écoutes, sinon je mets tout de suite un terme à cette farce.

— Pour une histoire de voiture ?

Il passa sa main sur la carrosserie de la voiture, la caressant d'une façon qui la rendit jalouse.

— Pour cette voiture, oui.

— Je considère ça comme de la cruauté envers les chats, que tu le saches, dit-elle en grommelant tout en glissant sur le siège côté passager.

— Je me ferai pardonner plus tard avec une bonne dose de crème.

— C'est vrai ? demanda-t-elle en se redressant sur son siège.

— Avec de la crème glacée oui. Et en public, ajouta-t-il.

— Pff, et c'est nous que vous traitez de minettes, murmura-t-elle.

— Mets ta ceinture.

Pour un homme qui se disait amoureux de sa voiture et qui avait peur que Luna ne l'abîme, eh bien il conduisait comme..., ben comme elle. Rapidement, violemment, prenant des virages serrés, avec de brusques accélérations et se faufilant entre les voitures dans des espaces étroits, et ce de façon parfaitement chronométrée.

Luna le trouvait fascinant à regarder, son regard était intense, sa main contrôlait fermement le levier de vitesse, les muscles de sa cuisse se contractaient à chaque fois qu'il devait actionner l'embrayage.

— Alors, qu'est-ce que tu penses qu'on va trouver dans ce club ? demanda-t-elle.

— Aucune idée. Après que tu sois partie, j'ai réussi à trouver un autre couple de la meute qui s'est déjà rendu là-bas.

— Qu'est-ce qu'ils ont dit ?

— Ils ont dit que cet endroit n'avait rien de bizarre, à part qu'il accucillait ceux qui voulaient ajouter un peu de piment à leur vie sexuelle. Apparemment, c'est un lieu hybride qui accueille des humains et des métamorphes. Donc, évite de montrer ton côté félin.

— Quoi, je ne peux pas sortir mes griffes ? Je ne peux pas dévoiler ma fourrure sur la piste de danse ?

Il lui jeta un regard noir. Le fameux regard. Mais cela ne fonctionna pas et elle n'avait pas besoin qu'il lui dise comment se comporter.

— Qu'est-ce qu'il y a d'autre à savoir ?

— Tu n'as pas fait de recherches sur le club ? lui demanda-t-il.

Elle posa ses pieds contre le tableau de bord, ignorant le fait que sa jupe courte s'était relevée, et qu'elle en avait probablement montré un peu trop au camionneur qu'ils venaient de dépasser.

— Les recherches c'est pour les gens comme toi. Je suis juste venue en tant que renfort.

Autant le mettre au clair tout de suite.

— Eh bien le renfort ferait mieux d'enlever ses pieds sales de mon tableau de bord.

— Ce sont mes pieds qui t'embêtent ?

— Enlève-les.

— Si tu insistes.

Elle se déplaça sur le côté et posa ses pieds sur ses genoux.

— C'est mieux ?

Il pinça les lèvres, probablement de douleur. Ses talons l'avaient peut-être cogné un peu plus fort que nécessaire suite à sa remarque.

— Alors, qu'as-tu découvert d'autre ? demanda-t-elle en voyant qu'il ne disait pas un mot.

— J'ai découvert que tu étais encore plus agaçante dans un espace clos.

Cela aurait pu la vexer encore plus si elle n'avait pas remarqué cette bosse sous son pantalon. Et ouais, elle avait regardé.

Même si Jeoff avait peut-être envie de la détester, une certaine partie de lui pensait l'inverse et ça, c'était la seule chose qui comptait vraiment chez un gars. À part sa langue...

— C'est un miracle que tu arrives à t'envoyer en l'air avec ce genre d'attitude, grommela-t-elle. À moins que...

Elle se mit à l'observer, n'osant pas le penser. Par contre, elle osa totalement le dire.

— T'es puceau, mon loup ? C'est pour ça que t'es timide ?

La voiture fit une embardée, un peu trop près du trottoir.

— Moi ? Puceau ?! cracha-t-il d'un ton perplexe. Certainement pas.

— Alors t'es une salope ?

— Et si on s'en tenait à la piste qu'on suit actuellement ? Est-ce que tu sais au moins quelque chose sur ce lieu où nous nous rendons ce soir ?

Évidemment, mais en lui demandant de lui faire un résumé, elle aurait pu apprendre certaines choses qu'elle avait loupées. Comme il insistait, elle énuméra différents points.

— La Ménagerie de la Forêt Tropicale a ouvert il y a un mois. D'après mes recherches, elle appartient à un certain Gaston Charlemagne. Aucune idée de qui est ce type. Il n'est pas entré en contact avec le clan et personne ne l'a approché d'assez près pour savoir s'il est humain ou non. Nous avons effectué quelques vérifications sur lui, mais sommes revenus bredouilles. Il a quitté la France pour venir habiter ici, mais au-delà de ça, ce gars est une énigme. Nos contacts à l'étranger n'ont aucune info pour nous non plus.

— Et il a monté son business en plein centre-ville. Rien qu'avec ça, je pense que s'il était l'un des nôtres, nous le saurions déjà.

Pouvaient-ils en être sûrs ? Luna ne pouvait pas s'empêcher de penser à cette personne maline qui avait mangé des asperges pour masquer son odeur et ce type qu'ils avaient poursuivi dans les bois. Un gars qui courait plus vite qu'un humain, mais qui ne sentait pas comme un métamorphe. Cependant, cela ne voulait pas dire qu'il n'était pas une sorte de métamorphe. Quelqu'un qui était déterminé à cacher son identité pouvait facilement le faire, notamment parce qu'il était tout à fait possible de commander des odeurs artificielles en ligne.

— Qu'as-tu découvert d'autre ? Les gens à qui j'ai parlé m'ont confirmé que le club n'accueillait que des couples, mais autorisait un nombre limité de filles célibataires à entrer. Quant à la clientèle en elle-même, il y a autant de métamorphes que d'humains. Majoritairement des félins et des Lycans. Mais Barry a dit qu'il avait repéré un ours qui sortait avec une humaine quand il y est allé avec sa femme. Apparemment, ils ont pris l'avion pour venir se joindre à la fête qui avait lieu au club.

— Les gens sont prêts à voyager juste pour visiter cet endroit ?

Quel genre de bonus proposait ce club exactement ?

— L'endroit a acquis une sacrée réputation en peu de temps.

— Et ils laissent entrer n'importe quel couple ?

— J'imagine qu'on va vite le découvrir, parce qu'on est arrivés.

La rue à l'extérieur du club était bondée, totalement bondée. Les voitures étaient garées les unes après les autres le long des deux trottoirs, et Jeoff dut poser la voiture plusieurs pâtés de maisons plus loin, illégalement d'ailleurs.

— Quelqu'un va venir remorquer ta voiture, dit-elle en pointant du doigt la bouche d'incendie juste à côté.

— Non, ça n'arrivera pas.

Il lui sourit tout en se penchant vers elle, assez près pour que son odeur masculine se mette à tourbillonner autour d'elle, tel un parfum capiteux. Elle vit son reflet dans ses yeux alors qu'il tendait la main entre les sièges pour attraper quelque chose.

Si ça, ce n'était pas donner de faux espoirs à une fille.

Il plaqua un panneau « En Service » contre le pare-brise.

— Oh, il m'en faut un !

— N'envisage même pas de me voler le mien, grogna-t-il.

Elle sourit.

— Moi ? Je ne ferais jamais une chose pareille.

— Si.

Il la connaissait déjà si bien. Avant qu'il ne sorte de la voiture, il lui dit :

— J'imagine que tu es capable de marcher un peu ?

Avec ces talons ?

— Oui, ça va la faire.

Elle ne parvint même pas à atteindre le trottoir. Posé sur la grille, ou plutôt coincé dedans, son talon se retrouva prisonnier du métal et elle se demanda pourquoi elle avait laissé ces foutues félines l'habiller comme une fille.

Probablement parce que je suis une fille.

Écoutez-la rugir !

Cependant, elle aurait dû dire stop pour les chaussures. D'habitude, les endroits où elle se rendait se fichaient qu'elle porte un jean troué, un tee-shirt qui insultait un groupe de personne, le plus souvent des blondes comme elle, et des baskets – ou des bottes solides si elle pensait devoir botter les fesses de quelqu'un dans la soirée.

Mais pour l'excursion de ce soir, elle avait voulu se faire belle... pour Jeoff.

Han. Argh. Arf ! Cette prise de conscience lui coupa le souffle, assez pour que, une fois que Jeoff eut contourné la voiture, il enroule un bras autour de sa taille.

— Est-ce que ça va ? demanda-t-il.

— Oui.

Ça va. Super, à part qu'elle en pinçait pour un foutu chien et qu'elle avait envie de l'impressionner. La honte.

— Mon pied s'est coincé.

— Tu ne pouvais pas attendre que je te donne un coup de main ?

Jeoff baissa les yeux, étudiant le problème, puis la regarda à nouveau en secouant la tête.

— Je suis tout à fait capable d'ouvrir la portière d'une voiture et de sortir par moi-même.

— Apparemment non, dit-il en regardant son pied d'un air moqueur.

Elle le dégagea, fit un pas en avant et se retrouva avec les deux talons coincés dans cette foutue grille.

Son grognement sourd et agacé le fit rire.

— C'est de ta faute.

— Et pourquoi ? C'est pas moi qui porte ces chaussures stupides.

— Tu t'es garé ici exprès.

— Ouais, comme ça tu resterais coincée, parce que c'est exactement le genre de type que je suis.

Son ton moqueur n'aida pas, mais accentua encore plus son regard incendiaire.

— Laisse-moi t'aider, proposa-t-il.

Mais comme elle était une lionne assez fière, elle rejeta sa proposition. Elle se libérerait elle-même, merci bien.

Le premier talon se libéra facilement. Mais le second, pas tant que ça.

Le coup sec provoqua un craquement assez perceptible. La chaussure se libéra, le talon aussi, et ce dernier tomba quelque part sous la grille, dans un éclaboussement moqueur.

Agissant le plus nonchalamment possible – un trait de caractère des félins qui s'avéra très utile– elle grimpa sur le trottoir ; vacillant de façon légèrement asymétrique. Est-ce que quelqu'un risquait vraiment de le remarquer ?

Clic. Clac.

— Donne-moi ton pied, ordonna-t-il.

— Non.

— Donne-le-moi.

— C'est toujours non. Ça va.

Clic. Paf. Elle marcha de travers.

— Têtue. Tellement têtue putain, dit-il en soupirant.

Entre deux respirations, elle se retrouva hissée sur son épaule, la tête en bas, les fesses en l'air, les poings serrés, lui tapant dessus.

— Pose-moi par terre.

— Dans une seconde. Tiens-toi tranquille pendant que j'enlève tes chaussures et te mets les autres.

Elle s'immobilisa.

— Quelles autres ?

— Celles que j'ai dans ma poche. Quelqu'un les a glissées là pendant que je ne regardais pas, quand j'étais dans votre résidence.

— Laisse-moi voir.

— Tu les verras quand tu les auras aux pieds.

Comme il semblait déterminé, elle le laissa échanger les paires de chaussures. Ça ne pouvait qu'être mieux que ces fichus talons. Elle aurait dû dire à Melly de les porter.

Les sandales à lanières furent enlevées et remplacées par – elle regarda ses pieds avec étonnement quand il la remit debout.

— Des tongs ?

Des tongs chics avec des strass.

— Apparemment, tes amies ont anticipé que nous aurions des ennuis.

C'était sûrement Reba. Au moins, elle avait choisi des chaussures qui pouvaient être assorties à une tenue de soirée sexy. Cependant, elles n'étaient pas faites pour la boue qui se trouvait sur le trottoir d'un terrain vague en construction. Avant même qu'elle n'ait le temps de faire un détour dans la rue, elle se retrouva à nouveau en l'air, portée telle une princesse. Cette nouveauté se révéla divertissante. D'habitude, quand elle était transportée de force, on la hissait sur une épaule, souvent Leo ou d'autres gars du clan, pendant qu'elle les frappait et criait des insultes.

Mais Jeoff la manipulait comme si elle était délicate.

Délicate ! Heureusement, aucune de ses copines n'était tapie dans les environs pour la pointer du doigt en rigolant.

Comme il semblait décidé, elle en profita pour enfouir son nez dans son cou et le renifler.

— Qu'est-ce que tu fais ?

Ah, voilà ce ton exaspéré qu'elle aimait tant provoquer.

— Je te renifle.

— Pourquoi ?

— Au cas où tu te perdrais.

— Pourquoi me perdrais-je ?

— Tu es un chien. Ça arrive tout le temps. Tu ne fais pas attention à toutes ces affiches sur les poteaux dehors ?

— Il y en a tout autant pour des chats, je te signale.

Elle le pinça. Violemment.

On devrait le griffer aussi. Laisser une marque.

— Aïe ! Pourquoi t'as fait ça ?

— Parce qu'il me faut une raison ?

— Pff, les lions, grogna-t-il au lieu de lui répondre.

Une fois qu'ils atteignirent une zone dégagée sur le trottoir, il ne la reposa pas immédiatement par terre.

Elle se tortilla dans ses bras.

— Je peux marcher, tu sais.

— Je sais, mais si je te porte, tu causeras probablement moins d'ennuis.

— Je te signale que je ne cause pas tant de problèmes que ça.

— Pourtant j'ai entendu parler de la bagarre au restaurant de grillades Le Clan du Lion.

— Cette connasse méritait totalement que je lui verse ma boisson sur la tête. Elle a fait pleurer la serveuse, qui s'avère être ma cousine au troisième degré.

Personne n'avait intérêt à s'en prendre à la famille de Luna.

— Et la nuit que tu as passé en cellule au commissariat pour trouble à l'ordre public ?

— Tu as entendu parler de ça ? dit-elle en souriant. Ce n'est pas de ma faute si nous vivons dans une société de répression. Tout ce que nous voulions vérifier avec Joan, c'était si l'expression « avoir les tétons assez durs pour couper du verre » était vraie. Il faisait très froid ce jour-là. Et on souriait de toutes nos dents. Mais des petites prudes stupides ont appelé les flics. Pour exhibitionnisme indécent, mon cul ouais.

Alors qu'ils se rapprochaient du club, le bruit sourd de la musique vibrant dans l'air, il la reposa enfin par terre. Enroulant son bras autour de celui de Jeoff, ils eurent l'air d'un vrai petit couple alors qu'ils s'avançaient vers l'entrée, tel un autre couple cochon en recherche d'action.

Des immeubles de deux ou trois étages, grands, larges et sombres se dressaient dans le quartier des entrepôts. La plupart d'entre eux semblaient fermés à cette heure-ci, et s'il n'y avait pas eu le club, la zone aurait probablement été déserte. La prédatrice en elle nota les coins sombres et parfaits pour une embuscade. La vigilance était le meilleur moyen de survivre.

Comme Jeoff ne semblait pas enclin à parler, elle le fit.

— L'endroit a l'air bondé. J'ai vu que les gens faisaient la queue quand nous sommes arrivés en voiture.

Elle avait également remarqué des tenues bien plus sexy que la sienne.

— T'as peur qu'on ne soit pas assez cool pour entrer ?
— Oh si, ils me laisseront entrer.

Sauf qu'au début, le gars ne sembla pas très disposé à le faire. Il regarda Luna de haut en bas, littéralement, du haut de ses deux mètres. Il était bâti comme une énorme bête, pourtant, il ne sentait pas comme un métamorphe. Son parfum – qui ressemblait beaucoup à un désodorisant senteur pin pour la voiture – lui brûlait presque les narines et ce type, à peine plus évolué qu'un simien, pensait qu'il devait l'empêcher d'entrer.

— Pas de cartes d'identité, pas d'accès.

Le grand gaillard croisa les doigts et ricana.

Depuis quand fallait-il une pièce d'identité pour entrer dans un club ? Luna n'en avait jamais apportée avec elle. En général, les métamorphes évitaient de le faire, au cas où ils soient obligés de partir en courant. Seul un imbécile laissait traîner ses effets personnels pour que quelqu'un les vole ensuite.

Jeoff vola à son secours.

— Je vous assure qu'elle est majeure.

— D'habitude, je peux me vexer si l'on me traite de vieille, mais cette fois-ci, je ne dirai rien, murmura-t-elle.

Il pourrait la remercier pour sa bonté plus tard.

— Peut-être. Ou peut-être pas, grogna le videur. J'ai déjà vu des gamines de seize ans qui paraissaient plus âgées qu'elle. Désolé. C'est non.

Comme Jeoff semblait toujours déterminé à débattre avec ce type – et que ça avait l'air de vraiment troooop bien marcher – Luna le contourna et eut recours à son *mode opératoire* habituel.

Attrapant le videur par le col de sa chemise, elle l'attira brutalement vers elle, le faisant se pencher à sa hauteur, et le maintint dans cette position.

— Écoute-moi bien mon grand, murmura-t-elle, doucement, gentiment, mais elle savait que son regard exprimait tout le contraire. Tu vas arrêter de me saouler et tu vas me laisser entrer dans ce club. Crois-moi, il vaut mieux que tu le fasses. Parce que sinon, j'ai toute une armée de chatons qui seront prêts à se jeter sur toi et qui te laisseront de sales cicatrices dans le dos et plus aucune femme ne voudra de toi.

— Comment ça se fait que tu sois si forte ? demanda-t-il.

Elle l'attira encore plus près.

— Crois-moi, t'as pas envie de savoir pourquoi.

— Elle a raison, ajouta Jeoff. Vaut mieux pas que vous le sachiez, faites-moi confiance.

— Bon, tu comptes arrêter de me saouler et me laisser entrer maintenant ? demanda-t-elle.

Les yeux écarquillés, le videur acquiesça. Probablement à cause de la piqûre de ses griffes. Ou des billets que Jeoff glissa dans sa main.

— Merci mon vieux, dit Jeoff, gardant fermement sa main sur le dos de Luna, la poussant vers l'entrée.

— J'avais la situation sous contrôle.

— Tu ne peux pas menacer tous nos interlocuteurs.

— Je ne le menaçais pas. Je lui faisais juste une promesse.

— À partir de maintenant, tu me laisses parler.

— Je vois bien le genre de relation que ça va être, grogna-t-elle.

— Une relation courte, si tu ne te comportes pas mieux. Même si j'imagine que cela ne sert à rien de te dire de bien te comporter.

— Ça dépend, tu me donneras la fessée si je ne me comporte pas bien ?

— Est-ce que c'est vraiment important ?

Elle cligna des yeux dans sa direction.

— Évidemment. Si tu promets de me botter les fesses si je ne suis pas sage, alors si, je ferai de mon mieux pour mal me comporter. Mais je commence à croire que tout ça, c'est beaucoup de bla-bla.

Sur ce, elle lui souffla un baiser, lui fit un clin d'œil, puis s'engouffra à travers les portes du club.

Mais ce à quoi elle ne s'attendait pas, c'était cette grosse claque sur ses fesses quand il la rattrapa !

---

1. Organisation américaine d'arts martiaux mixtes

CHAPITRE HUIT

Contrairement à la plupart des filles, Luna ne cria pas quand il lui flanqua cette fessée qu'elle avait bien méritée. À la place, elle lâcha un rire rauque et s'agrippa à son bras.

— Pas mal. Ça ne m'a pas du tout dérangée. Mais je suis presque sûre que tu peux faire mieux.

— T'es vraiment qu'une sale gosse.

Une lionne insolente qu'il emmenait dans un club privé réservé aux couples uniquement où les basses vibraient et retentissaient, réveillant son côté sauvage. *Il faut que je résiste.* Ça ne se terminait jamais bien quand la musique prenait le dessus et qu'un homme s'en remettait à son côté sauvage.

Apparemment, le videur n'était que le premier niveau de sécurité. Le second impliquait de très jolies jeunes femmes avec des presse-papiers qui écartaient tous ceux qui ne portaient pas de bracelets.

— Bienvenus au club La Ménagerie Tropicale, annonça la rousse fine. Je m'appelle Candy et comme vous êtes nouveaux ici, j'ai besoin que vous remplissiez ce tout petit formulaire, pour que vous puissiez bien comprendre les règles et ensuite vous pourrez entrer.

— Quel genre de règles ?

Évidemment, il fallait que Luna pose la question, car en général, les lionnes préféraient inventer leurs propres règles.

— Juste des règles de base. Respecter les autres clients du club. Promettre de ne pas droguer d'autres membres ou faire quoi que ce soit qui pourrait les contraindre à agir de façon différente de d'habitude.

En gros, les règles consistaient à « ne pas être un connard » et « non c'est non ». En revanche la « Liste de vos loisirs et activités » était bien plus intéressante.

Jeoff se posa quelques questions en étudiant le questionnaire qu'ils devaient remplir. Assise à côté de lui sur une banquette recouverte de plumes, Luna se pencha vers lui pour lui chuchoter :

— Ils veulent connaître la fréquence de nos rapports.

Cela faisait partie des questions sur la domination. Elle jeta un regard sournois au gars de la sécurité qui gardait un œil sur eux.

— Je compte aussi les pipes que je te taille sous la douche ou juste les relations sexuelles ? demanda-t-elle en battant des cils vers lui.

Jeoff fut putain de reconnaissant de tenir ce presse-papier par-dessus sa bite. Cette maudite femme savait comment l'exciter. Et il voulait dire par là qu'elle le faisait bander, plus durement que les poutres en acier qui maintenaient la plupart des bâtiments droits.

Mais cette question sur leurs relations sexuelles n'était

que la partie visible de l'iceberg. Ils voulaient également connaitre leur orientation sexuelle. S'ils pratiquaient l'échangisme. Ou le voyeurisme.

C'était le questionnaire le plus étrange que Jeoff ait jamais rempli. Mais une fois que ce fut terminé, et qu'il eut payé l'entrée – qu'il comptait bien facturer à Arik – lui et Luna reçurent leurs propres bracelets et purent monter au deuxième étage du club.

Le vestibule était légèrement bondé, la lumière faible leur permit de visualiser la fille du vestiaire. Jeoff préféra garder sa veste. Luna enleva son châle, ce qui lui permit d'avoir un aperçu complet de sa tenue.

Je crois qu'il lui manque une partie de sa tenue.

Il manquait clairement quelque chose pour couvrir son corset, la fine dentelle noire enserrait ses côtes, mettant en avant sa poitrine, celle-ci étant à peine contenue par la fine nuisette en soie qu'elle portait en dessous. Le haut de ses épaules était nu, tout comme sa peau entre le corset et sa jupe moulante. Une jupe sous laquelle, d'après elle, elle ne portait qu'un bout de tissu.

Un vrai chien aurait coincé sa tête sous ce morceau de tissu tentant pour jeter un coup d'œil. Mais étant désormais un loup plus mature, il agirait convenablement et... attendrait simplement qu'elle se penche.

Luna et la vestiairiste échangèrent le châle contre un ticket, un ticket qu'elle glissa dans le creux sombre de ses seins.

— J'ai des poches, tu sais.

Une poche vers l'avant qu'elle aurait pu tâtonner un peu plus tard en cherchant le ticket. Il glissa ses mains dans ses poches.

— Oui, mais comme ça tu m'aideras à le trouver, rétorqua-t-elle en lui faisant un clin d'œil.

Elle enroula à nouveau son bras autour du sien avant de les guider vers les portes battantes, où se trouvait un autre videur, et qui menaient vers le club.

— Allons nous amuser.

— Nous sommes ici pour chercher des indices.

— Ça ne veut pas dire qu'on ne peut pas s'amuser en même temps.

Les portes s'ouvrirent et un tsunami de bruits et de sons les submergea soudain, fort et assez épais pour qu'on puisse pratiquement le toucher et le visualiser. Les dents vibraient au son des basses. Tout comme la peau. Ce n'était que du bruit, pur et simple, et pourtant il y avait quelque chose dans cette vibration, un instinct primaire dans ces pulsations qui l'attirait. Ainsi que Luna et tous ceux qui se trouvaient là.

Les mouvements se transformaient en danse, non pas parce que c'était intentionnel, mais plutôt parce que vous ne pouviez pas vous en empêcher. Chaque pas donnait envie de se dandiner. Chaque mouvement de jambe était suivi d'un déhanché. La chanson exigeait qu'on y voue un culte et le corps devait s'exécuter.

Ce ne fut pas l'appel insistant de la musique qui le figea sur place, mais ce qu'il vit derrière ces portes. Pendant un instant, il fut tenté de faire demi-tour. *Je n'ai rien à faire ici.*

Tant pis pour la conversation qu'il avait eue avec Arik un peu plus tôt.

« *Je n'irai pas là-bas avec cette féline psychotique* ».

« *Si, tu iras, mais pour faire passer la pilule, je doublerai ton salaire habituel. Je préfère qu'elle y aille avec toi que seule.* »

Car il n'était pas envisageable que Luna y aille seule. Mais un endroit comme celui-ci n'était pas tout à fait ce qu'il avait envisagé. Peut-être que Luna avait raison quand elle le qualifiait de prude.

C'est juste un boulot. Prends sur toi.

Luna ne semblait pas dérangée par leur environnement. Elle enroula ses doigts autour des siens et le tira dans son sillage. Une fois la porte dépassée, ils s'avancèrent assez loin, l'intérieur était très fréquenté, mais pas plein à craquer. Il était toujours possible de bouger et il restait de l'espace entre les corps en mouvement. Certaines silhouettes étaient si proches l'une de l'autre qu'elles ne semblaient en former plus qu'une.

Ils restèrent au bord de la piste de danse. Appuyé contre un pilier, Jeoff ne se raidit pas – du moins pas trop – quand Luna se tourna vers lui et se mit sur la pointe des pieds. Elle saisit sa tête dans ses mains et approcha ses lèvres de ses oreilles. Montrant ainsi leur proximité.

— Pour l'instant, ça me paraît normal. C'est même assez décevant si tu veux mon avis.

Il caressa son cou du bout du nez, laissant les verres teintés de ses lunettes dissimuler le fait qu'il regardait attentivement autour de lui. Il promena ses lèvres jusqu'à ses oreilles, jouant le rôle de l'amoureux transi. Ce qui n'était pas difficile.

— Ça dépend de ce que tu appelles normal. Dans la plupart des boîtes de nuit, les gens ne font pas l'amour dans des cages.

Même s'il devait préciser qu'il ne les voyait pas totalement. Le tissu fin et transparent par-dessus la cage ne projetait que leurs ombres, mais ce que faisaient celles-ci... était clairement classé X.

Elle lui répondit en rigolant.

— C'est parce que tu ne connais pas les bons endroits où sortir.

Non, ce qu'il savait, c'était qu'il préférait garder sa vie privée, privée. Il ne comprenait pas pourquoi les gens voulaient réaliser des fantasmes intimes en public. Quand trop de regards étaient posés sur lui, sa fourrure le démangeait, tout comme quand trop de regards étaient posés sur la silhouette et les courbes de Luna, ses poils se hérissaient.

Marque-la et ils sauront qu'elle est à nous.

Son loup devenait vraiment fatigant avec ses suggestions.

— Je ne crois pas que nous trouverons grand-chose en restant ici.

À part peut-être un besoin de se rendre urgemment dans un hôpital pour recevoir quelques piqûres après qu'un humain, portant un vilain short en cuir et un collier de chien, ne lui soit rentré dedans.

Les mains pressées contre son torse, Luna lui sourit, un tendre sourire accompagné d'une lueur malicieuse dans ses yeux.

— Je vois que M. Prude est de retour. Tu as encore ce drôle de regard.

— Quel regard ?

— Un regard qui dit que ceux qui sont en train de s'éclater dans cette cage feraient mieux de prendre une chambre d'hôtel.

— Je ne vois pas ce qu'il y a de mal à avoir un peu de pudeur.

— La pudeur c'est pour ceux qui ont quelque chose à cacher.

Elle se rapprocha, pressant son corps contre le sien.

C'était ce genre de tentation qui lui donnait envie d'envoyer balader sa pudeur et de changer ses habitudes. Des défis comme celui dans ses yeux qui lui donnaient envie d'attraper sa main pour la presser contre le devant de son pantalon.

— Pourtant, maintenant, tu devrais savoir que je n'ai pas à avoir honte de quoi que ce soit.

Et lui aurait dû savoir que cela ne servait à rien d'essayer de choquer Luna.

Là où n'importe quelle autre fille aurait hurlé ou l'aurait giflé, ou même rigolé, encore une fois, Luna se démarqua. Elle serra son paquet dans sa main, releva le menton et prit un air pensif tout en lui disant :

— Voir et toucher sont deux choses différentes. Alors, voyons ce que nous avons là.

Elle le serra à nouveau.

— Une taille tout à fait correcte.

Elle le frotta.

— Une réaction excellente face aux stimuli. Une bonne longueur également, ce qui est toujours un bonus. Dans l'ensemble, pas trop nul.

Pas trop nul ? Voilà un compliment qui lui donnait envie d'aller se cacher. Avant qu'elle ne l'embarrasse plus que ça, ou qu'elle n'insulte sa virilité jusqu'à ce que celle-ci se ratatine au point d'être irréparable, il lui prit la main.

— Allons boire un verre.

Cette fois-ci, il ouvrit la marche, se déplaçant entre les silhouettes, évitant les piliers et les canapés où des hommes étaient assis avec des femmes qui les chevauchaient. Il était assez certain que plus d'une jupe dissimulait une activité coquine.

À sa grande surprise, il remarqua qu'un gars de sa meute se tenait sur l'un des canapés – avec une femme qui n'était pas son épouse. Cela le contraria. Il ne comprenait jamais ceux qui trompaient leur partenaire. Dans son monde à lui, une fois que vous vous impliquiez dans une relation avec quelqu'un, cet engagement avait une certaine valeur. Votre parole avait de la valeur.

Comment pouviez-vous trahir *l'élue* de votre cœur une fois que vous l'aviez trouvée ?

Nous, nous serons fidèles à notre femelle.

Quelle femelle ? Avait-il vraiment besoin que son loup lui réponde ? Cette idée absurde et folle que Luna était importante à ses yeux lui torturait encore l'esprit. Une lionne, qui lui appartiendrait ? Seulement s'il l'empaillait et l'accrochait au mur. Ces filles sauvages ne tenaient pas en place, et même si l'une d'entre elles était l'élue, vous n'auriez plus de vie. Il aurait ensuite besoin de trouver un autre travail pour payer de multiples cautions à cause des dégâts.

Ils arrivèrent au bar. Il attrapa la bière que lui tendait le barman épuisé et Luna commanda un cocktail avec une petite ombrelle en guise de décoration. En se retournant, il s'adossa au bar pour parcourir la salle du regard. Luna s'appuya contre lui, sa proximité étant une distraction qu'il ne pouvait pas ignorer.

— Tu vois quelque chose ? demanda-t-il à voix basse,

tout en sachant qu'elle l'entendrait. Les métamorphes avaient une très bonne ouïe.

— Beaucoup de personnes qui s'embrassent. Mais rien qui n'indique qu'un tueur psychopathe est en train d'enlever des gens.

Il soupira.

— Tout ça n'est fondé que sur des hypothèses. Premièrement, nous ne savons même pas s'il est question d'un tueur.

— Mais des gens disparaissent et dans d'étranges circonstances. Tu sembles vouloir dire qu'on ne devrait pas tirer des conclusions hâtives. Mais alors sur quoi devrions-nous nous baser ? Pourquoi sommes-nous ici si tu ne penses pas qu'il y a un lien ?

Effectivement, pourquoi ? Ce n'était pas comme s'ils pouvaient montrer des photos des disparus en questionnant tout le monde ici. Cela risquait de faire sauter leur couverture et il ne voulait pas le faire tout de suite.

— Ce couple de tigres était connu pour venir ici, tout comme le couple de loups de ma meute. On ne sait pas encore si c'était le cas pour le troisième couple. Mais deux sur trois, c'est une sacrée coïncidence, en même temps, on ne peut pas partir sur cette piste sur un coup de tête. Et si on se trompait ?

— Et si on ne se trompait pas ? Et si le propriétaire de cet endroit était mêlé à une sorte de complot impliquant des métamorphes échangistes ?

C'était une possibilité. Il avait déjà entendu parler de trafics de métamorphes qui avaient eu lieu dans d'autres états, mais ce n'était pas quelque chose de commun. Le fait que les disparitions aient débuté à peu près au même moment que l'ouverture de ce club était cependant intéressant.

— Nous n'allons rien trouver en restant ici, remarqua Luna.

Pas faux. Il la laissa l'attraper par la main et le guider depuis cette grande salle jusque sous une arche pour se rendre dans une deuxième salle où la musique était tout aussi forte et l'espace était encore plus bondé.

Ici, il n'y avait aucun fauteuil ou canapé sur lequel s'asseoir. Le plafond scintillait grâce à des lumières colorées et dansantes projetées par des boules de disco. Le long du mur gauche de la salle se trouvait un long bar sans tabourets. Les gens s'appuyaient dessus, certains sirotaient leurs boissons, tandis que d'autres se tenaient debout et observaient ceux qui tournoyaient sur la piste de danse.

Ici, la séparation des couples était moins marquée, les corps ondulaient avec frénésie dans la masse, bougeant librement au son de la musique.

— Je vais aller chercher un peu plus loin. Continue de surveiller.

Avant même que Jeoff n'ait le temps de lui dire non, Luna s'éloigna de lui pour se jeter au milieu de toutes ces silhouettes qui bougeaient et s'agitaient.

Comme il n'avait aucune intention de la rejoindre, Jeoff termina sa bière et se dirigea vers le bar. D'après son expérience, c'était généralement le meilleur moyen de trouver des informations.

Il se trouva un petit coin à l'extrémité du comptoir. Il ne fallut qu'un instant au barman qui s'occupait de cette zone – un grand type à la peau sombre ne portant qu'un jean qui lui descendait jusqu'aux hanches, laissant son impression torse musclé nu – pour qu'il le remarque.

Le barman posa sa main sur le bar et se pencha en avant avec un sourire, ses dents étaient d'un blanc éclatant à l'exception d'une qui était en argent et sur laquelle était gravé un symbole. D'ici, Jeoff pouvait sentir une odeur d'ours ; le barman était un métamorphe, c'était certain, et il était prêt à parier que c'était un grizzly.

— Qu'est-ce que je peux faire pour vous ? lui demanda le barman.

— Je vais vous prendre n'importe quelle bière pression que vous avez.

Jeoff appuya son coude sur le bar d'un air nonchalant alors qu'il scrutait la foule du regard, repérant facilement la serpillère blonde de Luna qui s'agitait au milieu d'eux. Elle ne dansait pas seule. Au contraire, elle s'était retrouvée entourée de deux femmes et deux hommes. Une lionne qui jouait au milieu. Les bousculades, frottements et mains baladeuses ne semblaient pas la déranger.

Elle ça ne la dérangeait pas, mais lui oui, bon sang. Pourquoi ? Luna était une grande fille. Si elle voulait danser, elle pouvait. Si elle voulait laisser ces pervers la toucher, c'était également son problème.

Pas touche. Veux les mordre.

Son loup semblait aussi contrarié que lui. Et son esprit n'aidait pas en essayant de lui faire réaliser quelque chose. Non. Il ne le laisserait pas faire. Pour le moment, le déni était son meilleur ami.

Le barman posa un verre devant lui, rempli presque à ras bord d'un liquide doré recouvert d'une mousse légère. Jeoff remarqua que personne d'autre n'essayait d'attirer son attention et décida que c'était le meilleur moment pour démarrer une conversation.

— Je m'appelle Jeoff.

— Malcom, répondit l'homme derrière le bar.

— Salut, Malcom. C'est la première fois que je viens ici et bordel, cet endroit est putain de bondé.

— Ouais, sans déconner. Ces derniers temps c'est comme ça tous les soirs. On a des gens qui viennent des quatre coins du pays pour nous voir. Apparemment, on est le numéro un des clubs échangistes. J'imagine que t'es là avec ta vieille gonzesse.

Luna aurait pété les plombs si elle avait entendu Malcom la traitait de vieille.

— Ouais. C'est une sacrée fofolle. Elle me traîne toujours partout pour essayer de nouveaux trucs.

Le terme fofolle était un euphémisme.

— Ça ajoute un peu de piment, c'est pas plus mal.

Pour lui, c'était plus que d'ajouter un peu de piment.

— Ça fait longtemps que tu travailles ici ? demanda-t-il.

Le barman secoua la tête.

— Non. J'ai commencé la semaine dernière. À vrai dire, j'ai été recruté par un chasseur de têtes, on est venu me chercher alors que je travaillais sur la côte ouest. Ils m'ont proposé de travailler ici en tant que barman. C'est fou hein ? Qui a déjà entendu parler de chasseurs de têtes pour barman ? Mais c'est bien payé. Et les pourboires sont encore mieux.

Était-ce un sous-entendu subtil ? Jeoff jeta un billet de vingt sur le comptoir ; le barman sourit et le glissa dans la ceinture de son pantalon.

— Alors, à part cette salle et celle avec les canapés, à quoi d'autre puis-je m'attendre ?

— Tu devrais partir explorer et le découvrir par toi-même. Je ne voudrais pas te gâcher la surprise. Ce club est un vrai paradis de l'érotisme.

— J'ai cru voir un deuxième étage. Qu'est-ce qu'il y a là-bas ?

Malcom secoua la tête.

— Le deuxième étage est interdit aux clients. C'est là où se trouve le bureau de la direction, etc. Des trucs chiants. Mais t'inquiète, il y a plein de choses pour te divertir à cet étage.

Beaucoup en effet, étant donné que Luna revenait vers lui en ondulant des hanches, les lèvres écartées et brillantes, bougeant son corps de façon attirante alors que les gens la regardaient.

Il pouvait mentir autant qu'il voulait et affirmer que la raison pour laquelle il tendit les bras vers elle était pour jouer le rôle du faux petit ami, pour faire croire à leur prétendue relation amoureuse. Mais en réalité, il l'attira vers lui parce qu'il en avait envie. Purement et simplement. Il aimait l'avoir près de lui et qu'elle le touche.

— Je vois qu'on se détend enfin. Allez. Viens danser.

Jeoff n'en avait vraiment pas envie, mais Luna ne lui laissa pas le choix. Elle le tira par la main, le traînant jusqu'à la piste de danse. Cela ne servait à rien de résister, notamment lorsqu'elle posa ses mains sur sa taille et commença à danser contre lui.

Les lumières continuaient de clignoter et elles se reflétèrent et scintillèrent quand ils firent tomber des paillettes du plafond. Celles-ci recouvrirent sa peau, pénétrèrent sa bouche et il se mit à les inhaler à chaque inspiration. Aucune odeur. Aucun goût. Encore un autre artifice utilisé par le club pour divertir ses clients.

Malgré la réticence de Jeoff, ses hanches se mirent en mouvement, ses mains enserrèrent la taille de Luna, la gardant près de lui. Son odeur se mit à l'encercler.

Elle sent tellement bon, putain.

Avec la proximité de son corps et cette chaleur qui brûlait entre eux, il lui était difficile de se rappeler pourquoi il était là. Il avait pourtant un objectif.

Oui. Prends la femelle. C'est ça notre objectif.

Non, il y avait une autre raison à sa présence ici. Quelque chose qui n'avait rien à voir avec la façon dont elle écartait les lèvres comme une invitation, frottant son entrejambes contre lui, lui donnant envie de la retourner et de la prendre. Là, tout de suite.

C'était de la folie. Ils étaient en public, un fait auquel il s'accrochait. Il tenta de se distraire en regardant ailleurs, observant la foule, mais partout où il regardait, les gens étaient collés les uns aux autres, s'embrassant et se tripotant.

En réalité, lui et Luna étaient les seuls à ne pas s'embrasser de façon torride. Cela l'excita. Et le contraria. Il la prit par la main et retourna dans la première salle, celle avec les canapés, et espérons-le, avec un état d'esprit plus sain.

Mais il ne trouva rien de tout ça. En fait, ici, tout avait dérapé vers quelque chose impliquant beaucoup de nudité et de sueur. Clairement, les activités qui se déroulaient sous ses yeux ne pouvaient quand même pas être autorisées par la loi, non ? Tout le club semblait être devenu fou, succombant au désir charnel.

Et les lumières continuaient de clignoter, tout comme les paillettes continuaient de tomber du plafond.

Autour de lui, l'érotisme proliférait et même s'il luttait pour conserver son sens de la morale, finalement, Jeoff se rendit compte qu'il n'était pas immunisé. Quand Luna le prit par les joues et l'embrassa, il ne la repoussa pas. Au contraire, son sang se mit à bouillir quand la langue de Luna se fraya un chemin sensuel à travers sa bouche.

Cédant à l'instant présent, il laissa ses mains s'égarer. Il prit tout son cul dans ses mains, l'attirant contre lui, la pressant contre son corps. Une sorte de folie sauvage brûlait en lui. Un désir fort de la posséder.

Prends-la maintenant.

Oui. Oui. Elle était à lui. *La mienne.* Il avait juste besoin de s'enfoncer en elle.

Alors que ses mains glissaient sous sa jupe courte, il laissa sa bouche tracer un sillon brûlant dans son cou, suçant la peau tendre. Quand il entendit un gémissement bruyant, qui n'était ni le sien ni celui de Luna, il ouvrit grand les yeux et aperçut d'autres couples autour de lui, aucun d'entre eux ne faisait plus semblant de danser alors qu'ils se jetaient au sol, bougeant leurs membres avec frénésie et donnant des coups de hanches.

Au fond, il reconnut que tout ça n'était pas normal. Il ne se contrôlait plus et cette prise de conscience suffit à lui redonner un peu de bon sens.

Il y a quelque chose qui cloche. Ce n'est pas normal.

Il saisit la main de Luna et se dirigea vers la sortie, pas celle par laquelle ils étaient entrés, mais la plus proche qu'il eut repérée, les lettres rouges promettant une échappatoire. Alors qu'il poussait la porte, un signal sonore se déclencha, mais l'air frais qui s'engouffra lui permit d'y voir plus clair. Mais cela n'aida pas ceux qui étaient encore à l'intérieur.

— Hé, vous n'êtes pas censés passer par-là.

Un type vêtu de noir avec un cordon et un badge indiquant qu'il faisait partie du personnel, saisit la porte et leur bloqua le passage. Il jeta un regard noir à Jeoff, sa cigarette pendouillait au bout de ses lèvres et de la fumée grise s'en échappait.

— Pile ce dont j'ai besoin, fit remarquer Jeoff.

Il attrapa la cigarette allumée et se glissa à nouveau à l'intérieur ignorant le type qui lui cria :

— Qu'est-ce que tu fous, bordel ?

Ce qu'il faisait, c'était de mettre fin à cette orgie torride en déclenchant l'alarme incendie. La ville avait insisté pour que les entreprises respectent leurs codes de prévention des incendies, et l'un d'entre eux exigeait vraiment que l'on installe des détecteurs de fumée, beaucoup même, notamment dans des lieux comme celui-ci où les gens aimaient discrètement prendre quelques bouffées de Marie-Jeanne ou quelque chose d'un peu plus fort.

Ramassant une serviette tombée au sol, Jeoff l'enflamma avec le bout allumé de la cigarette. Celle-ci se mit immédiatement à fumer, la puanteur âcre le réveillant de cette attraction érotique qui régnait encore dans la salle. Il laissa retomber la serviette en feu dans une poubelle et retourna près de la porte pour trouver Luna qui y était adossée, se tenant au-dessus du corps inerte du videur.

— Pitié, ne me dis pas que tu l'as tué.

La paperasse risquait d'être pénible.

— Non, je le fais juste dormir pendant ses heures de travail, dit-elle en souriant. Cet idiot n'a rien vu venir.

Les humains ne s'attendaient jamais à se faire neutraliser par quelqu'un qu'ils croyaient plus faible qu'eux. Ils voyaient une blonde petite et fine, avec un sourire diabolique et un corps tonique et ne s'attendait jamais à son terrible crochet du droit. Apparemment, Luna était une championne quand il était question d'assommer les gens. Du moins, c'était ce que disaient les rumeurs. Jeoff préférait ne pas en faire l'expérience.

Alors qu'il sortait par la porte, une alarme retentit, stridente. Mais plus inattendus encore, furent les gicleurs automatiques qui se mirent en marche, arrosant la salle d'une douche froide. Alors que tout le monde recouvrait ses esprits sous ce déluge glacial, il entendit au moins une personne s'exclamer :

— Qu'est-ce qui vient de se passer, bordel ?

Effectivement, c'était quoi ce délire.

En sortant dans l'allée, il laissa la porte claquer derrière eux, mais il douta qu'elle reste fermée longtemps vu ce qu'il venait de faire.

Les yeux légèrement vitreux et les lèvres gonflées par leur baiser, Luna fronça les sourcils en vacillant sur ses pieds.

— Qu'est-ce qui m'arrive ? dit-elle en articulant avec difficulté. Tu m'as fait prendre un truc ou quoi ?

— Moi non, mais je crois que quelqu'un dans le club oui, expliqua-t-il en enroulant un bras autour de sa taille. Viens. Sortons d'ici.

Luna s'appuya sur lui alors qu'ils avançaient dans l'allée entre les bâtiments. Derrière eux, il entendit que la porte s'ouvrait, heurtant le mur de briques. Une cacophonie emplit l'air de la nuit alors que les gens sortaient en masse, parlant avec excitation.

Tournant à l'angle, lui et Luna les semèrent et pour la seconde fois en deux jours, ils entendirent le bruit des sirènes de pompiers au loin.

Luna trébucha et il raffermit son emprise.

— Ça va ? demanda-t-il.

— Non. Quelqu'un m'a droguée.

Elle paraissait très contrariée.

— Quelqu'un nous a tous drogués.

— Mais comment ? J'ai seulement bu quelques gorgées de ma boisson. Les autres buvaient depuis bien plus longtemps et pourtant nous avons tous commencé à agir comme des fous au même moment.

— Je ne sais pas ce que c'était.

Mais il avait des soupçons concernant les fameuses paillettes.

— Il y avait peut-être quelque chose dans l'air.

Quelque chose qu'il n'avait pas pu sentir à cause de tous les parfums et de la sueur qui masquaient déjà la plupart des odeurs sur place.

Elle se retourna contre lui, plaçant ses mains sur son torse.

— Tu crois que tout ça a un rapport avec les couples disparus ?

— Je ne sais pas. Je veux dire, remplir une salle de personnes qui décident de faire une orgie n'a rien à voir avec un enlèvement où l'on efface toute trace d'eux.

Elle fronça le nez.

— J'étais comme une chatte en chaleur. Si tu n'avais pas

été là, on aurait pu être très cochons. Comment ça se fait que tu n'aies pas été affecté ?

Il rejeta la faute sur la drogue qui perdurait dans son organisme quand il lui dit :

— Oh si, ça m'a affecté, mais je n'ai pas besoin d'être drogué pour être excité en ta présence.

Les mots lui échappèrent et il eut envie de retirer ce qu'il venait de dire, sauf que... un sourire éclatant illumina son visage.

— Oh, mon loup. C'est la chose la plus gentille que tu ne m'aies jamais dite. Tu m'aimes bien alors.

— Non, c'est faux, mentit-il. OK, c'est vrai, je t'aime bien, mais ça ne veut pas dire que j'ai changé d'avis quant au fait de me mettre en couple avec toi. Je pense toujours que c'est une mauvaise idée.

Elle préféra ignorer sa négativité. Elle rigola en prenant ses joues dans ses mains.

— Les mauvaises idées sont toujours les plus fun.

Elle l'embrassa et il ne put s'empêcher de lui rendre son baiser. Il ne put s'empêcher de laisser sa bouche se plaquer contre la sienne, la goûtant, la désirant – tout en se demandant si c'était vraiment lui qu'elle voulait ou si c'était la drogue qui parlait.

Argh. Il écarta sa bouche de la sienne.

— On ne devrait pas faire ça. Pas ici. Pas maintenant.

— Tu as raison. On ferait mieux de retourner à ta voiture. Ce sera plus intime étant donné que tu es sacrément prude.

— Nous ne coucherons pas dans ma voiture.

— Ouais j'imagine que ce sera difficile de faire partir l'odeur du cuir. Alors on fera ça chez toi, à moins que tu n'aies changé d'avis et que ça ne te dérange pas d'utiliser ce mur ?

Elle se plaqua contre le mur en question, un sourire étirant ses lèvres, telle une invitation.

Il faillit dire merde pour la baiser ensuite. Elle le tentait tellement. Il détourna le regard et fit quelques pas vers sa voiture. Son ricanement ne le fit pas ralentir, mais l'arrêt brusque de celui-ci le fit se retourner.

… juste à temps pour intercepter cette silhouette qui se jetait sur lui.

CHAPITRE NEUF

N'y retourne pas. N'y retourne pas.
Ce mantra lui tint compagnie alors qu'il descendait les escaliers.

Je devrais rester. Au moins pour une heure. Je ne peux pas laisser mes émotions faire voler en éclat notre couverture.

Ce fut son excuse alors qu'il remontait les escaliers, grimpant deux marches à la fois.

Le couloir de son étage était vide et il ne connaissait pas le numéro exact de l'appartement de Luna. Comme s'il avait besoin d'un détail aussi banal. Il savait, avec une précision infaillible, quelle porte était celle de son appartement. Son odeur – celle de l'herbe chaude et douce en été avec un soupçon de fleur sauvage – imprégnait l'air et la trahit. Il s'arrêta devant sa porte et essaya d'enclencher la poignée. Celle-ci ne tourna pas, la porte resta verrouillée.

Elle nous empêche d'entrer. Son loup n'aimait pas les obstacles. Lui non plus.

Il fut pris d'un besoin urgent, un besoin de passer de l'autre côté de cette porte.

Il frappa.

— Luna, c'est moi. Ouvre.

Rien.

Peut-être qu'elle boudait.

Danger.

L'avertissement que lui chuchota son loup ne se basait sur rien. Pas d'odeur. Pas de bruit et pourtant...

Il toqua à nouveau et crut entendre un mouvement furtif de l'intérieur, mais rien d'autre. Ça ne lui ressemblait tellement pas. Luna ne reculait jamais devant rien. Elle ne possédait pas une once de timidité sous cette silhouette délicieuse et ses cheveux dorés. Alors pourquoi ce silence absolu ?

Quelque chose ne va pas.

Le danger imprégnait l'air, titillait son sixième sens. Une force d'attraction qui insistait pour qu'il entre. Mais comment ?

Les portes étaient équipées de verrous et étaient faites de cadres en acier encastrés dans des murs de béton. Ajoutez à cela le manque d'espace dans le couloir et une ouverture avec un coup de pied ou d'épaule était tout bonnement impossible. Il n'arriverait pas à entrer de cette façon, à moins que quelqu'un n'ouvre la porte ou qu'une clé ne fasse soudain apparition.

Il me faut un autre moyen d'entrer. Ce n'était pas comme s'il pouvait se transformer en souris et se servir des bouches d'aération ou voler tel un oiseau jusqu'à sa fenêtre.

Les fenêtres. En pensant à celles-ci, il se rappela la disposition des appartements et de leurs balcons.

Une porte, à quelques mètres, semblait lui faire de l'œil. Elle donnait sur l'appartement réservé aux invités, celui dans lequel sa sœur avait séjourné quand elle avait eu des ennuis, il y a quelque temps.

Je me demande si j'y ai toujours accès. Ce n'était pas gagné d'avance, mais... Il plaqua sa main sur le scanner. La porte émit un clic et hop, il fut à l'intérieur, et avec un peu de chance, il ne tomberait pas sur quelqu'un de furax à cause de son intrusion.

Rien ne lui sauta dessus. La pièce sentait le renfermé et n'était clairement pas utilisée en ce moment. Non pas qu'il en avait quelque chose à faire. Jeoff traversa le salon jusqu'aux portes coulissantes et les ouvrit en grand pour qu'il puisse aller sur le balcon. En jetant rapidement un coup d'œil à gauche, il aperçut la véranda de Luna.

Mais ce qu'il ne s'attendait pas à voir, c'était un grand type portant une capuche qui lui dissimulait le visage, avec Luna sur son épaule.

C'est qui lui, putain ? Grrr. Son loup hérissa immédiatement le poil, repoussant assez les limites qui les séparaient pour que Jeoff se mette à grogner.

Il ose s'en prendre à Luna ?

Pas en sa présence.

— Pose-la.

Jeoff s'élança vers le bord du balcon, en équilibre sur ses pieds. Il étudia la distance qui séparait les vérandas. Il pouvait le faire.

Avec un peu de chance.

Sinon... Il regarda en bas. *Ouais, essayons de ne pas nous écraser par terre.*

Il aurait aimé avoir le temps de planifier son saut – pour

calculer les lois de la physique et la suite des événements qui mèneraient au succès ou à l'échec – mais le grand gaillard refusa de lui obéir en reposant Luna.

Il semblait penser qu'il pouvait simplement l'emmener. Quant à Luna, elle ne luttait pas ; elle pendait sur son épaule, toute molle et immobile. Cela lui serra le cœur.

Elle n'a pas intérêt à être morte.

Jeoff ne voulait même pas envisager cette possibilité.

Le gars à la capuche s'avança sur le large bord en béton du balcon.

Il n'y avait qu'un seul moyen de partir d'ici et c'était en sautant, mais il y avait déjà eu trop d'incidents précédents pour qu'ils puissent espérer survivre à cette chute.

Hors de question que tu entraînes Luna dans ton plongeon suicidaire.

Les muscles et tendons de ses jambes se contractèrent. Il sauta, les membres vers l'avant, les mains tendues vers le balcon d'en face. Mais la gravité, une loi que personne ne semblait pouvoir défier, le voulait désespérément. Elle tira sur sa silhouette, l'entraînant vers le bas. Ses mains heurtèrent la rambarde du balcon, ses doigts s'agrippèrent alors que son corps s'écrasait sur la façade, les jambes dans le vide.

— Enfoiré !

Il aurait pu être plus heureux d'entendre que Luna reprenait connaissance si ses doigts n'avaient pas été en train de s'accrocher à la vie. Ce satané béton lui faisait mal. Ignorant la douleur, il serra les dents et se hissa vers le haut, stimulé par les grognements et cris qu'il entendait de l'autre côté de la rambarde solide.

Se hissant suffisamment haut pour s'appuyer sur ses

avant-bras, il remarqua que Luna s'était transformée en lionne, grognant et frappant le grand type dont la capuche dissimulait les traits. Plus déconcertant encore, Jeoff ne parvint à détecter d'odeur.

Il sauta sur le balcon au même moment où Luna plongeait vers l'assaillant, toutes griffes dehors. Il l'esquiva, pourtant, elle parvint quand même à déchirer ses vêtements et à lui entailler la peau. Elle réagit ensuite trop lentement et ne parvint pas à bloquer la piqûre de l'agresseur, une grosse seringue qui lui injecta un liquide jaune dans le corps.

En quelques secondes, la drogue fit effet et Luna vacilla sur ses pattes. Avant que le gars à la capuche ne parvienne à s'en prendre à elle, Jeoff retomba sur le sol de la véranda et tendit ses doigts ensanglantés vers lui, lui faisant signe d'approcher.

— Pourquoi tu ne t'en prends pas à quelqu'un de ta taille, connard ?

— Pas ce soir. Mais ne t'inquiète pas, dit l'homme à voix basse. Je reviendrai la chercher.

Puis le type sauta sur la balustrade et agita les doigts. Jeoff ne comprenait pas où il comptait aller comme ça. Quant à la lionne furax et chancelante, elle n'en avait rien à faire qu'il n'y ait pas de filet de sécurité. Elle balaya sa patte dans sa direction, sortant les griffes. Le type se pencha en arrière, effectuant un mouvement à la *Matrix*. Presque. La gravité l'appelait et au lieu de lutter contre en moulinant des bras, le gars à la capuche les écarta et se laissa retomber en arrière.

Putain de merde.

Jeoff se précipita vers la balustrade et regarda en bas,

s'attendant à voir des boyaux éparpillés partout, pour finalement lâcher :

— C'est quoi ce délire, bordel ?

Quelque chose avec des ailes noires se libéra de ses vêtements et s'envola.

— Grrr.

Il regarda Luna qui avait posé ses deux pattes poilues sur la rambarde et qui vacillait.

— Les drogues essaient de t'endormir, c'est ça ?

— Grrr. Grrr. Grrr.

Il prit ça pour un oui quand elle chancela et tomba violemment sur les fesses.

— Allez viens, on va te mettre à l'intérieur.

Comme Luna semblait vouloir s'endormir là où elle était, il dut la porter, mais étant donné qu'elle était un chaton géant, il dut surtout l'attraper par le milieu, la faire pivoter et la tirer par les jambes pour la ramener à l'intérieur. Mais où allait-il la mettre ensuite ?

Le canapé était recouvert de cochonneries. Des livres, une manette de jeux vidéo, un carton de pizza vide. Le sol n'était pas mieux avec toute une collection de chaussettes, des bouteilles d'eau vides et quelque chose qui ressemblait vaguement à un donut avec un glaçage, collé au tapis.

— En voilà une qui a bien besoin d'une femme de ménage, murmura-t-il en traînant son corps mou jusqu'à la chambre.

Il y avait un grand lit qui, même s'il n'était pas fait, était assez dégagé et propre pour qu'il l'y dépose.

Et maintenant ? Il songea à appeler un médecin, mais Luna respirait calmement, ronflant légèrement. Comme il semblait très probable qu'on lui ait administré un somnifère, il décida de protéger sa peau et de ne rien faire, car elle risquait de la déchiqueter s'il laissait quelqu'un l'examiner pendant qu'elle était vulnérable.

Mais le fait qu'elle soit vulnérable souligna un point important. Quelqu'un l'avait attaquée. Pas seulement attaquée. Il avait pénétré un lieu qui était censé être sûr.

Il était temps de mettre Arik au courant. Tout ce bordel commençait à devenir sérieux. Pour ce qui était des voyous à la sortie du club qui avaient voulu lui voler sa voiture, il pouvait considérer que c'était une agression qui avait eu lieu par hasard. Cela arrivait souvent, notamment dans les quartiers mal fréquentés de la ville. Mais ça ? Une attaque envers un membre du clan sur leur propre territoire ?

Le roi de cette jungle de béton avait besoin de le savoir, mais Jeoff n'avait pas hâte de l'entendre rugir. Les félins sont si bruyants quand ils se sentent menacés.

Il laissa Luna qui avait gardé son apparence de petit félin de la jungle, ronflant dans sa chambre, en fermant doucement la porte derrière lui. Se tenant debout au milieu de ce salon en désordre, il essaya de trouver des traces de l'assaillant, tout en composant le numéro d'Arik.

Seulement deux sonneries retentirent avant que le patron ne réponde d'une voix endormie.

— J'espère que c'est important. J'ai une réunion avec un connard, demain à neuf heures...

— Un dignitaire européen en visite, l'interrompit Kira en fond.

— Peu importe. J'ai besoin de dormir. Pourquoi tu m'appelles ?

Il ne fallut que quelques secondes d'explication pour qu'un rugissement retentisse et fasse trembler l'appartement, le son résonnant dans les conduits de ventilation et stimulant cette connexion unique qui liait tous les membres du clan. Même Jeoff n'était pas immunisé. Le roi était furax.

Le roi se tint également devant la porte de l'appartement de Luna, quelques minutes plus tard, n'ayant pas besoin d'une clé ni de la permission de qui que ce soit pour entrer. Il entra comme si les lieux lui appartenaient – ce qui techniquement était le cas.

— Où est-elle ?

Sans attendre de réponse, Arik jeta un coup d'œil vers Luna et gronda :

— Ça devait être de sacrées drogues. Ce n'est pas facile de la neutraliser celle-là.

— Probablement oui.

S'agenouillant au milieu du désordre, Jeoff brandit une seringue, seule une partie du liquide avait disparu.

— Elle a dû réussir à l'envoyer balader quand il a essayé de lui administrer la première fois. C'est sans doute pour ça qu'elle est un peu revenue à elle sur le balcon. Mais ensuite, il lui a injecté une seconde dose complète. J'imagine qu'elle va rester inconsciente pendant encore quelques heures.

— Et va se réveiller très en colère, grimaça Arik. Je n'ai pas hâte.

Une lionne déchaînée n'était pas vraiment quelque chose qu'on avait envie d'expérimenter.

— Je suis surpris que tu sois descendu. Vu ce qu'il vient de se passer, je me serais attendu à ce que tu sois pratiquement assis sur Kira.

Car avec cette attaque culottée, Arik devait probablement s'inquiéter pour l'humaine qu'il avait choisie comme compagne.

— Je l'ai laissée avec Leo et Meena. Personne ne peut vaincre ces deux-là.

Leo à lui seul possédait une force qu'il ne fallait pas sous-estimer. Ajoutez à cela sa compagne, et vous pouviez être certain que ce serait le chaos.

— Je ne sais pas si nous devrions nous inquiéter qu'ils ne nous attaquent à nouveau ce soir. Une fois que le type ne pouvait plus compter sur l'effet de surprise, il s'est sauvé.

— Il a pris son envol. Grâce à des ailes sombres, tu m'as dit. Mais est-ce que j'ai bien tout compris ? Il ne possédait pas de plumes ?

— Non, pas de plumes.

Ce dont il se souvenait n'avait aucun sens. Les métamorphes aviaires avaient tous des plumes. Tous sans exception et ils avaient également tendance à avoir une ossature beaucoup plus fine. Ce grand gaillard était aussi large qu'une bête. Comment avait-il pu s'envoler bon sang – tout en gardant une forme relativement humaine ? Quand les métamorphes prenaient une forme animale, il n'y avait plus rien d'humain chez eux. Mais ce type...

Jeoff secoua la tête.

— Je ne sais pas ce qu'était ce gars. Je n'ai jamais vu quelque chose comme lui avant.

— Et qu'en était-il de son odeur ?

— Est-ce que l'odeur des draps propres au printemps et de déodorant compte ? Si je n'avais pas vu cet enfoiré s'envoler, j'aurais pu le prendre pour un humain.

Arik se mit à faire les cent pas, l'air pensif et inquiet.

— Je vais devoir passer quelques appels. Peut-être que

quelqu'un dans les autres clans ou meutes a déjà entendu parler de quelque chose de similaire.

— Je vais dire qu'officiellement je n'en ai jamais entendu parler. Mais je vais également passer quelques appels. Peut-être que le conseil des Lycans possède des archives ou dossiers qui permettraient de l'identifier.

— Signale tout ce que tu auras pu trouver. Maintenant, quel est son objectif ? Pourquoi est-il venu ici ? Pourquoi s'en est-il pris à Luna ?

Au fond, Jeoff se demandait si cela avait un rapport avec la visite qu'il avait effectuée au club privé ce soir-là.

Mais c'était tirer des conclusions trop hâtives.

— On ne peut pas savoir s'il est venu spécialement pour elle ou non. Il se peut que ce soit seulement une question de pratique. Je veux dire, si le gars peut voler, il a pu tout aussi bien atterrir sur n'importe quel balcon et chercher une porte ouverte.

Face à cette hypothèse, Arik fronça les sourcils.

— Cette histoire d'envol est troublante. Cela veut dire qu'aucun de nos appartements n'est sécurisé, car je crois qu'aucun d'entre nous ne verrouille cette foutue porte sur les patios. Tout ça change dès ce soir. Je vais avertir le clan. Je ne crois pas que nous puissions encore cacher tout ce qui se trame en ce moment.

— Tu penses que tout ça est lié ? demanda Jeoff puisqu'Arik semblait vouloir faire un lien bancal entre les événements.

— Pas toi ?

À ce stade, trop de coïncidences s'accumulaient.

— Qui que ce soit, ils agissent de manière un peu trop insolente, putain.

— Ou bien ils cherchent à déclencher une guerre des territoires.

Dans le monde des métamorphes, les jeux de pouvoir étaient toujours en action.

— Et ce Gaston Charlemagne, le propriétaire du club où vous vous êtes rendus ce soir ? Tu n'as pas dit grand-chose sur lui. C'est quoi le problème ?

Jeoff haussa les épaules.

— Il n'y a pas de problème. Enfin en tout cas, on n'en a pas trouvé. Il n'existe pratiquement pas, à part sur le papier.

— Je veux que ça change. Je veux en savoir plus sur ce gars, en commençant par savoir si c'est un métamorphe ou un humain. S'il est l'un des nôtres, apparemment il a besoin que je lui rappelle qu'il est sur mon territoire et qu'il doit respecter mes règles. Sinon, vérifie son personnel pour voir si l'un d'entre eux ne serait pas notre coupable. Je veux des réponses.

— Je le traquerai demain matin. Et j'interrogerai également le personnel de manière plus officielle.

Le temps des subterfuges était terminé. Avec l'agression ratée de Luna, les choses commençaient à devenir sérieuses. Il était temps d'aller trouver l'éventuelle source de tous ces problèmes en montrant les crocs et en sortant les griffes.

— Oui, fais ça. Et puis je vais avoir besoin d'une sécurité supplémentaire pour le clan.

— Je peux m'en occuper, mais tu sais que les lionnes ne vont pas apprécier.

Elles percevaient toute forme de sécurité comme du babysitting.

— Elles feront ce que je dis, dit Arik avec un regard

sévère. Et je vais leur annoncer tout ça durant la réunion du clan que je vais organiser. Il est temps que je les prévienne de ce qu'il se passe en ce moment pour qu'elles puissent être sur leurs gardes.

— Et si nous avons un espion au sein du clan ? Tu risquerais de dévoiler nos plans.

— Je crains que ce ne soit déjà fait. Et si l'un d'entre nous est assez stupide pour croire qu'il peut nous trahir, eh bien nous le retrouverons et lui règlerons son compte.

Il n'eut pas besoin de préciser que ce serait de façon définitive. Le sous-entendu était assez clair comme ça.

— Je m'y mettrai dès demain matin, une fois que je serai rentré chez moi pour changer de tenue.

— Demain matin ? dit Arik en levant un sourcil doré. Je n'avais pas compris que tu passais la nuit ici.

— Seulement pour pouvoir veiller sur Luna. Elle est inconsciente à cause des somnifères et elle est vulnérable. Je pensais rester dans les parages, au moins jusqu'à ce qu'elle se réveille.

— Vulnérable ? ricana Arik. Si elle n'était pas endormie, elle te grifferait pour avoir dit ça.

Pas de problème. Jeoff n'était pas contre quelques coups de griffes de la part de Luna. Mauvaise idée. Il fallait vraiment qu'il garde ses distances avec cette tentation qu'elle représentait. C'est pourquoi il ne comprit pas pourquoi il refusa la proposition d'Arik.

— Tu peux rentrer chez toi, si tu veux. Je resterai auprès d'elle ou demanderai à Hayder et Arabella de venir.

— Non. Laisse-les se reposer. Je gère.

Des paroles insensées se dit Jeoff en refermant la porte derrière Arik tout en la bloquant avec une chaise placée sous la poignée. Les systèmes de verrouillage de l'appartement étaient très sûrs, mais l'électronique pouvait facilement être piratée. Les méthodes à l'ancienne, comme une cale, n'échouaient jamais. À moins que quelqu'un ne conduise un pick-up et fonce sur la porte pour l'enfoncer. Mais cette affaire remontait à plusieurs années et il ne voyait pas comment un pick-up pourrait monter jusqu'à son étage. Mais quand même, il valait mieux prendre des précautions. Le plus probable était que cet homme volant était descendu en piqué et était entré par la porte ouverte d'un balcon. Jeoff ne pouvait pas en être sûr à cent pour cent à cause de l'absence d'odeur qui l'empêchait de suivre une piste. Comme il ne pouvait rien sentir, il se fia à la logique, tout en sachant combien il serait difficile pour un intrus, surtout pour un qui, bizarrement, n'avait aucune odeur, de s'infiltrer dans le bâtiment et d'entrer par la porte. Il supposa donc que le type était passé par le balcon et c'est pourquoi il verrouilla la porte de la véranda. Cela n'empêcherait pas quelqu'un de déterminé à entrer, mais le claquement du verrou serait un bon avertissement sonore.

La porte coulissante n'était pas le seul point d'entrée. Il y avait une autre fenêtre dans la chambre. *Je ferais mieux d'aller vérifier.*

Oui vraiment, tu devrais aller vérifier, acquiesça son loup de façon un peu trop enthousiaste.

Pas besoin de lui demander pourquoi. Son autre lui poilu aimait être avec Luna. Il aimait son odeur. Le contact de ses mains sur sa peau. Le goût de ses lèvres. En fait, son loup aimait à peu près tout chez elle.

Et moi donc. Cela l'agaçait de l'admettre, mais en même temps, cela n'avait-il pas toujours été vrai ? Combien d'années s'étaient écoulées depuis qu'il avait remarqué Luna ? Qu'il avait fantasmé sur elle, mais avait fait de son mieux pour l'ignorer ? Désormais, les circonstances les avaient réunis et l'avaient forcé à se rapprocher d'elle. Un peu trop. Le problème, c'était que maintenant il n'arrivait plus à s'enfuir.

Veux pas m'en aller. Sa bête intérieure l'avoua très clairement.

Cette attitude posait problème. Mais il allait devoir faire avec et se rappeler qu'il avait promis à Arik de veiller sur Luna. Ce qui voulait dire qu'il devait se rendre dans cette chambre et vérifier cette foutue fenêtre.

Alors pourquoi hésitait-il ? Il l'avait mise au lit alors qu'elle était toute grande et poilue. Il n'y avait rien qui puisse le tenter. Rien qui ne puisse lui faire faire quelque chose de stupide.

La porte s'ouvrit sans bruit et il passa sa tête à l'intérieur. Il sursauta.

Dans son sommeil, Luna avait changé de forme, sa lionne sauvage avait laissé place à une peau nue.

Arrête de regarder !

Il n'avait pas à la reluquer comme ça, surtout vu son état. Il fallait toujours qu'il vérifie la fenêtre, ce qui voulait dire qu'il devait quand même entrer.

Sois courageux.

Il entra dans la chambre, détournant le regard, longeant le lit pour aller de l'autre côté afin de vérifier la fenêtre. Celle-ci ne montra aucun signe d'effraction et le verrou était bien actionné.

Il fit de nouveau le tour du lit, cherchant à fuir vers le salon, là où il pourrait lutter contre cette tentation qu'était son odeur. Mais au lieu de ça, il s'arrêta au niveau de la tête de lit et baissa les yeux vers Luna. Elle était de nouveau étendue sur le matelas, allongée sur le ventre. Son visage était incliné sur le côté, ses lèvres étaient entrouvertes et elle ronflait doucement. Sous la lumière faible, il distinguait à peine ses taches de rousseur sur l'arête de son nez. La peau de ses joues paraissait douce, d'une perfection absolue. Il la caressa du bout des doigts, tenté par l'envie de la toucher.

Un léger soupir s'échappa de ses lèvres. Tellement mignon.

Va-t'en. Ne reste pas là. Il n'y avait aucune raison pour lui de rester ici. Il pouvait très bien se trouver un coin confortable sur le canapé.

Reste. Elle est vulnérable. Peu importe ce que disait ou pensait Arik, Luna était actuellement sans défense. *Je ne devrais pas m'éloigner.*

De plus, ce canapé n'était pas vraiment fait pour un gars de sa taille et son lit était extrêmement grand. Ces arguments le convainquirent de rester avec elle. Il n'eut aucun mal à bloquer la porte de la chambre avec une autre chaise, lui laissant une belle marge de manœuvre si jamais quelqu'un décider d'enfoncer la porte. Contrairement aux films dans lesquels les héros montaient la garde toute la nuit, il comptait dormir un peu car il ne pouvait nier que son corps était fatigué. Ce ne serait bon pour personne s'il ne se reposait pas un peu.

Son esprit rationnel lui fit déboutonner le haut de son pantalon et enlever ses chaussettes et sa veste. Il enleva sa chemise en soie pour enfiler son tee-shirt, celui qu'elle lui avait emprunté et qui traînait actuellement par terre, au pied du lit. Les fibres de coton avaient retenu l'odeur de Luna. Étant un loup pathétique, il le renifla. Et non, il ne baisserait pas la tête d'un air penaud car personne ne le saurait à part lui.

Avant de se mettre au lit avec elle, en détournant le regard bien évidemment, il remonta la couette jusqu'au niveau de son menton afin de s'assurer qu'elle était entièrement couverte. Ce n'est qu'alors qu'il osa grimper sur le matelas, en restant loin, de l'autre côté, allongé sur les couvertures, sans la toucher du tout, mais en étant totalement conscient de sa présence.

Qu'est-ce qu'il y avait chez Luna qui lui donnait envie d'oublier toutes les promesses qu'il s'était faites ? Comment une seule femme, une femme sensuelle, sexy et frustrante, pouvait-elle lui donnait envie d'obtenir plus que ce qu'ils ne partageaient déjà ? Au fond, il en avait assez de devoir garder ses distances avec elle. Il voulait faire bien plus que de simplement rester allongé à côté d'elle, comme s'il n'avait pas conscience que seulement quelques centimètres les séparaient. Comme s'il ne mourait pas d'envie de la tenir dans ses bras.

Montre-lui un peu de respect. Elle était sous l'emprise des drogues et malgré toutes ses invitations, elle n'apprécierait pas qu'il la malmène. Il se servit de ces arguments pour s'endormir, seul, de son côté.

Mais ce n'est pas ainsi qu'il se réveilla le lendemain matin.

CHAPITRE DIX

Dès qu'elle vit cette main et cette silhouette cachée sortir de l'ombre, elle ne réfléchit pas et agit immédiatement. Elle saisit le poignet de l'assaillant et le tira vers elle, propulsant le type vers l'avant avec plus de force que nécessaire.

Jeoff rattrapa facilement le gars et le hissa vers le haut. Puis, il le secoua.

— Qu'est-ce tu fous, bordel ?

— J'ai besoin d'elle, dit le type aux yeux vitreux en gémissant presque.

— Tu ne peux pas l'avoir. Elle est avec moi.

Des paroles plutôt sexy. Enfin, seulement si Jeoff pensait vraiment ce qu'il disait.

— Tu étais dans la boîte de nuit ? demanda-t-elle, faisant un pas en avant.

Les narines du gars se dilatèrent et ses lèvres s'écartèrent alors qu'il tendait les mains vers elle.

Mais il ne parvint pas à la toucher, Jeoff le plaqua

contre le mur, assez violemment pour faire trembler le revêtement métallique.

— Elle t'a posé une question, gros pervers. Est-ce que tu étais dans la boîte de nuit ?

— Ouais. C'est un super endroit. J'ai couché avec une fille. Avec la femme d'un autre type.

— Et qu'en était-il de ta copine ou ta femme ? demanda Luna en fronçant les sourcils.

— Elle y était aussi, elle se faisait défoncer la...

Jeoff le secoua avant que le gars ne puisse terminer sa phrase.

— Tu ne nous es d'aucune utilité. Va retrouver ta femme et rentre chez toi. En taxi, ajouta-t-il avant de pousser le gars qui trébucha en partant.

Ils le regardèrent tous les deux zigzaguer pendant un moment.

Jeoff secoua la tête.

— Je vois que l'air frais ne lui a pas éclairci l'esprit. Quel que soit ce qu'il y avait dans l'air, ça a l'air de bien affecter les humains, plus que les métamorphes.

— J'aurais pu le réveiller avec un bon coup de poing, tu sais. Tu n'étais pas obligé de le secouer comme une poupée de chiffon.

— Garde tes coups de poing pour plus tard. On va en avoir besoin.

— C'est vrai ?

Effectivement, alors qu'ils s'approchaient de la voiture, elle remarqua le trio de mecs qui rôdaient près de la Mustang.

— Ooooh je peux m'en charger ? demanda-t-elle. J'ai une certaine frustration à évacuer.

Une sacrée frustration sexuelle surtout, mais le fait de frapper quelque chose l'apaiserait probablement.

— C'est vraiment comme ça que tu veux finir cette soirée ? En frappant des types ?

Il la regarda, puis soupira.

— Quelle question stupide. Évidemment que oui, continua-t-il.

Ils arrivèrent à la voiture et en sortant les clés, Jeoff appuya sur le bouton de déverrouillage, ce qui fit clignoter les phares. Il aurait tout aussi bien pu agiter une cape rouge pour se faire remarquer, car le chef du trio qui les attendait s'avança vers eux pour leur dire d'un ton menaçant :

— Donnez les clés de la voiture et vos portefeuilles.

— Il n'y a que vous trois ? demanda Luna, se servant de ses sens pour voir si quelqu'un d'autre était tapi dans l'ombre. Ça me parait assez injuste.

— Si ton petit ami ici présent donne ses clés et son portefeuille, personne ne sera blessé.

— Oh, mais je ne disais pas que c'était injuste pour nous, rétorqua-t-elle en souriant. Disons plutôt que j'aurais aimé qu'il y ait un peu plus de difficulté.

— Tu crois que ton petit ami chétif peut nous battre à lui tout seul ? rigola le voyou.

— Moi ? dit Jeoff en secouant la tête. Oh non. J'ai déjà dit à la demoiselle qu'elle pouvait s'occuper de votre cas. Faites juste attention à la voiture.

— Si tu crois qu'utiliser ta copine comme bouclier va te protéger...

— Raccroche-toi à ça si tu veux, laisse-moi juste une seconde, dit Luna en levant la main vers le voyou.

Se retournant vers Jeoff, elle fronça les sourcils.

— Tu t'inquiètes plus pour ta voiture que pour moi qui vais me battre avec ces gars ?

Il leva un sourcil.

— Tu veux me forcer à te manquer de respect en affirmant que tu n'es pas capable de les affronter ?

— Bon, écoutez bande d'enfoirés, je vous ai demandé de me donner les clés et vos portefeuilles !

Luna et Jeoff jetèrent tous les deux un regard noir au pseudo braqueur. Luna grogna :

— Je t'ai dit d'attendre une seconde. Je n'ai pas fini de parler à mon ami.

— Tu parleras plus tard, salope.

— Oh non, il a osé, souffla Luna, son regard étincelant soudain avec excitation.

— Oh non, il a osé, grogna Jeoff.

— Je reviens dans une seconde.

Luna enleva ses tongs, puis fit signe au chef des voyous d'approcher.

— Viens là, gros débile, chantonna-t-elle avec provocation.

— Je vais t'apprendre à...

Argh. Hiii. Ooooh !

Luna ne sut jamais ce qu'il voulait lui apprendre, à moins que ce ne soit une façon de monter dans les aigus alors que la douleur allait crescendo. C'était probablement lié au fait qu'elle lui ait fait pencher la tête pour cogner son nez avec son genou. *Crack*. Ses orteils rencontrèrent ses couilles lorsqu'elle le fit tomber.

Les amis du voyou ajoutèrent une nouvelle série de notes très aiguës quand elle cassa l'arcade sourcilière de l'un d'eux et fit trébucher l'autre sur le trottoir pour ensuite lui cogner la tête contre le sol à plusieurs reprises.

Ces deux partirent en boitant quand elle se releva. Elle s'essuya les mains et se tourna vers Jeoff et le trouva en train de traîner le premier type par le pied.

Était-il encore en train d'agir comme si elle était une foutue demoiselle ?

— Qu'est-ce que tu fais ? Je t'ai dit que je m'en occuperai.

— Il regardait sous ta jupe.

Grrr.

— Il mérite que je lui bouffe les yeux, continua Jeoff.

Luna cligna des yeux face à cette suggestion plutôt violente.

— J'ai déjà entendu parler de ça, même s'ils éclatent comme du raisin, ils ne sont pas aussi bons.

Ce fut à son tour de cligner des yeux avec ses longs cils alors qu'il détachait son regard du voyou qui se recroquevillait par terre pour se tourner vers elle.

— Je ne veux même pas savoir comment tu as eu cette information.

Non, il n'en avait probablement pas envie. Mais sa remarque permit de le distraire et d'éviter tout cannibalisme – chose que les autorités désapprouvaient totalement. Laissant retomber le voyou par terre, Jeoff marcha d'un pas arrogant vers sa voiture, et cette fois-ci elle ne ressentit pas le besoin de lui rappeler que des femmes avaient jadis brûlé leur soutien-gorge pour avoir le droit d'ouvrir elles-mêmes la portière. Elle le laissa ouvrir la porte côté passager, tout comme elle le laissa conduire, mais là où elle fut contrariée, c'est quand il voulut la déposer devant sa résidence.

Elle croisa les bras sur la poitrine.

— Je ne sortirai pas de la voiture tant que tu n'auras pas accepté de monter avec moi.

— Je veux juste aller me coucher là.

— Tu peux. Mais chez moi. Nous n'avons pas terminé notre mission.

— Quelle mission ? Nous n'avons absolument rien découvert.

Au contraire, elle avait découvert que Jeoff la désirait. Ça comptait quand même.

— Nous n'avons pas encore trouvé d'indice, c'est ça que tu devrais dire. Moi je pense que nous sommes toujours sur la bonne voie. Ce club a quelque chose à voir avec la disparition de ces gens. Par contre, je peux t'assurer que nous n'obtiendrons aucune information confidentielle si nous n'avons pas l'air d'être un vrai couple. À moins que tu n'aies oublié que les cibles sont des personnes en couple ? Il faut qu'on garde notre couverture.

— Il est plus de vingt-trois heures.

Leur visite en boîte de nuit avait été de courte durée.

— Personne n'est là pour le remarquer, termina-t-il.

Elle ricana.

— Peut-être que les chiots sont de bons toutous qui vont se coucher tôt. Mais ici il s'agit du clan, Jeoff. Tu devrais le savoir. Il y a toujours quelqu'un qui est debout et surveille.

Jeoff soupira. À nouveau. Le pauvre. Elle commençait à se dire qu'il soupirait car il aimait le son que cela produisait, mais au moins il savait quand admettre sa défaite.

— Très bien. Je vais monter, mais je ne resterai pas dormir, dit-il en agitant son doigt dans sa direction. Je reste une heure ou deux, assez longtemps pour qu'ils croient que nous l'avons fait, et après je m'en vais.

Non, il ne partirait pas, mais il n'avait pas besoin de le savoir tout de suite.

Il gara son précieux véhicule sur la place de parking de Luna, au sous-sol. Ce n'était pas comme si sa moto allait en avoir besoin ces prochains jours. Snif.

Comme s'il lisait dans ses pensées, il enroula ses doigts autour des siens alors qu'ils marchaient vers l'ascenseur et lui murmura :

— Petrov travaille déjà dessus. Tu récupèreras ta moto comme neuve. Et connaissant Petrov, il va même améliorer sa performance.

Elle releva la tête.

— Sérieux ? Trop bien.

L'ascenseur arriva immédiatement, ouvrant ses portes sur une cabine vide dans laquelle ils entrèrent. Un silence s'installa entre eux alors lorsque l'ascenseur se mit en marche et s'arrêta immédiatement au niveau du hall d'entrée.

Avant même que les portes n'aient fini de s'ouvrir, elle plaqua sa bouche contre celle de Jeoff. Elle le sentit sursauter de surprise et adora la façon dont ses lèvres s'accrochèrent aux siennes. Le gars avait beau protester, au fond, il en avait envie.

Il me veut.

Grrr.

— Hé, les filles, regardez. Luna a ramené un animal domestique à la maison.

Luna grogna presque quand ils furent interrompus. Ce baiser qui n'était au départ qu'un leurre pour ceux qui risquaient de les voir, s'était rapidement transformé en une étreinte qui aurait pu être classée X si on leur avait laissé quelques minutes de plus.

Jeoff et elles furent tirés hors de l'ascenseur. Se faisant traîner dans le hall par Stacey, Luna salua quelques-unes de ses copines allongées sur les canapés. Apparemment, elle n'était pas la seule dont la soirée avait été écourtée.

Joan s'assit immédiatement sur le canapé.

— Putain de merde. Luna essayait de faire discrètement monter Jeoff dans sa chambre.

Discrètement ? Ce n'était pas elle qui avait honte de leur faux couple. Luna enroula son bras autour du sien.

— Évidemment que j'essayais de faire ça discrètement. Je savais que vous essaieriez de me casser mon coup si vous en aviez l'occasion.

Jeoff s'étouffa ; le pauvre. Elle savait à quel point les boules de poils dans la gorge étaient désagréables.

— Non, tu ne coucheras pas avec lui. C'est impossible. J'y crois pas, dit Melly en secouant la tête. T'es pas son genre.

À ce moment-là, plusieurs de ses copines hochèrent la tête. Ce qui lui donna envie de leur prouver qu'elles avaient tort. Et ce qui donna envie à un certain loup de faire de même et il commença par approcher ses lèvres des siennes, jusqu'à ce que seulement quelques centimètres les séparent.

Son souffle chaud lui chatouilla l'oreille.

— Tu comptes bavarder avec tes copines toute la nuit ou bien est-ce qu'on va dans ta chambre ?

Tout le monde entendit ses paroles rauques et quand il

posa sa main sur son cul d'un air possessif, toutes les lionnes le remarquèrent.

— Salut les pouffiasses !

Luna leur dit au revoir avant qu'elle ne traîne presque Jeoff vers l'ascenseur. Pour faire bonne figure, elle lui planta un gros baiser avant que les portes ne se ferment et elle continua de l'embrasser bien après.

Il put enfin respirer à nouveau quand l'ascenseur se mit en mouvement.

— On a fait du bon travail pour garder notre couverture.

— Tu veux dire que quand tu m'as embrassée avec la langue c'était pour de faux ?

— C'était juste pour bien jouer mon rôle.

— Pff, espèce d'aguicheur, grommela-t-elle.

Pendant une seconde, vu la façon dont il avait réagi, elle avait cru qu'il avait laissé son sens moral de côté.

Une nuit. Juste une nuit pour que nous puissions nous débarrasser de cette curiosité folle.

Mais ce dont elle avait le plus peur, c'était qu'une nuit ne suffise pas.

Garde-le.

Sa féline n'avait aucun problème avec le fait de le garder auprès d'elle pour des raisons purement égoïstes.

Mais Luna n'aimait pas ce que cela impliquait.

La stabilité. Beurk. Quel vilain mot.

L'ascenseur sonna, leur indiquant qu'ils étaient arrivés. Dès que les portes s'ouvrirent, Jeoff leva les yeux vers elle.

— Il va vraiment falloir que tu arrêtes de faire ça.

— Faire quoi ?

— Croire que ça ira plus loin entre nous.

Voilà qu'il lisait dans ses pensées maintenant.

— Je ne crois rien du tout. Je sais. Toi et moi, nous allons finir au lit. Ou on fera ça dans une allée. Peu importe l'endroit. Mais on finira par le faire.

Elle lui sourit en remontant le couloir jusqu'à la porte de son appartement. Ce n'est que lorsqu'elle entra à l'intérieur qu'elle remarqua qu'il ne l'avait pas suivie. Elle sortit la tête dehors. Jeoff se tenait près de l'ascenseur, immobile.

Elle siffla.

Il plissa les yeux.

Elle siffla à nouveau et claqua des doigts.

— Viens, mon loup. Viens voir Luna pour qu'elle te gratouille le ventre.

— Je déteste quand tu fais ça.

— Et moi je déteste cette façon que tu as de m'exciter constamment sans assouvir mon désir par la suite, alors ramène ton cul par ici, tu veux bien ?

— Tu ne peux pas me donner des ordres comme ça. Et je croyais qu'on avait déjà établi que tout ce cinéma de petit couple qu'on a fait en bas était pour de faux et non pour de vrai.

Elle ne put s'empêcher de lever les yeux au ciel.

— Peut-être que si tu continues de le dire, tu finiras par le croire. Mais pour l'instant, tu mens de façon pathétique. Je le vois. N'importe qui peut le voir. Tu es attiré par moi, tout comme je suis attirée par toi. Et ça crée de vrais problèmes car ça nous déconcentre. Surtout moi. Alors, débarrassons-nous-en. Envoyons-nous en l'air pour relâcher les tensions.

Elle se mit à fredonner la mélodie de Bow Chica Wow Wow [1] qui rappelait ces fameuses scènes où un technicien avec une grosse moustache épaisse des années soixante-dix venait toquer à la porte et qui, bien évidemment, était accueilli par une femme en lingerie et à la poitrine généreuse.

Il n'aimait pas cette façon qu'elle avait de toujours avoir raison. Il s'énerva :

— Voilà pourquoi je ne sors pas avec des lionnes. Vous êtes toutes complètement folles !

Il beugla de manière très intéressante quand il franchit la porte qui menait à l'escalier et disparut.

Pourchasse-le.

Pourchasser ? Certainement pas. Elle le laissa s'en aller. C'est ça. Elle le laissa s'en aller au lieu de le poursuivre. Elle en avait assez de mettre sa fierté de côté, tout ça parce qu'elle le désirait. Cette façon qu'elle avait de constamment se jeter sur lui la dégoûtait. Le suppliant presque de la prendre, tout ça pour qu'il dise non et continue de dire non, même si son corps lui, disait oui.

Quel culot. Comme ce rejet constant lui faisait mal !

On devrait le griffer. Lui arracher ses vêtements. Égratigner cette peau douce et lisse.

Vilain chaton. Ce genre de pensées était l'une des raisons pour lesquelles elle avait toujours des ennuis.

Qu'est-ce qui n'allait pas chez elle ? Jeoff n'était pas intéressé. Tout simplement.

Pourquoi continuait-elle de forcer ? Pourquoi ?

Parce que je l'aime bien.

Argh.

Elle l'aimait vraiment bien. Et cela la blessait comme jamais qu'il ne ressente pas la même chose, ce qui voulait dire qu'il était parti et qu'elle ne lui courrait pas après.

Pas de poursuite ? Sa féline semblait très abattue à en juger par son pas traînant alors qu'elle retournait dans son appartement. Elle plaqua sa main sur l'écran tactile qui se trouvait à côté, la porte s'étant fermée d'elle-même et verrouillée ensuite.

Il y eut un clic, puis elle ouvrit la porte. L'intérieur sombre l'appelait, et elle entra, seule, en soupirant.

Il n'y eut aucune odeur pour l'avertir. Pas un bruit. Rien.

Et elle ne put rien faire d'autre que de laisser échapper un grognement, avant que quelque chose ne la pique soudain dans le bras.

---

1. Mélodie souvent utilisée dans les films pornographiques

CHAPITRE ONZE

Rien de tel que de se réveiller sur un gars, en le fixant avec intensité, attendant qu'il émerge.

Contrairement à ses anciens petits amis qui étaient restés dormir chez elle, Jeoff ne hurla pas quand il ouvrit les yeux et la vit. Il ne sourit pas non plus. Mais bon sang, elle sentit qu'il était dur comme un roc !

Elle se tortilla.

— Bonjour, mon loup. Je vois qu'on a envie de faire un petit quelque chose ce matin.

— Ouaip, faire pipi.

Il s'obstinait à se faire désirer.

— C'est tout ce que t'as trouvé comme excuse ?

Elle le chatouilla dans le creux du dos, essayant de le faire bouger.

Il la fixa du regard.

— Roh, allez, arrête de te faire désirer et avoue que t'as envie de moi.

— J'ai surtout envie que tu décolles.

— Purée, moi aussi j'aimerais bien monter au septième

ciel mais il y en a qui ne veut pas m'aider, dit-elle avec un clin d'œil.

Il continua de la regarder tout en essayant de garder son calme, mais son corps, lui, n'arrivait pas à dissimuler la chaleur brûlante qui s'en dégageait.

— Je suppose que tu te sens mieux ? remarqua-t-il.

Elle grimaça.

— Pff, quel combat déloyal ! Je n'ai même pas pu sentir cet enfoiré avant qu'il ne me pique avec une seringue. Je suis mortifiée.

— Tu ne lui as clairement pas facilité la tâche. J'ai remarqué qu'il n'avait pas réussi à t'administrer la première dose en entier.

Elle sourit.

— Les filles finissent par développer un sixième sens pour anticiper les actions des mecs. Mais je ne m'attendais pas à la seringue par contre. C'est nouveau ça. Les drogues qu'il m'a administrées étaient efficaces, mais ce n'est pas la première fois qu'on essaie de me shooter. C'est vrai ce qu'on dit. Il ne faut jamais poser son verre. Ce satané truc m'a rendue lente. J'ai essayé de me défendre, expliqua-t-elle en faisant la moue. Il m'a neutralisée en me donnant un coup sur la tête, c'est pour ça que j'ai perdu connaissance la première fois.

Elle se demanda s'il réalisait à quel point il paraissait inquiet alors qu'elle lui racontait ce qu'il s'était passé. Il prit sa joue dans sa main.

— Et maintenant, comment tu te sens ?

— Bien reposée et prête à partir.

Pour appuyer ses propos, elle sautilla légèrement.

Il émit un petit gémissement douloureux.

— Arrête ça.

— Non.

Elle se tortilla à nouveau jusqu'à ce qu'il l'immobilise, les mains sur ses hanches, stoppant ses mouvements.

— Ouuh, ça devient physique. Si tu veux mon avis, je mérite totalement une fessée.

— Tu n'es pas censée demander qu'on te donne la fessée.

— Pourquoi ?

— Ça doit être quelque chose de spontané.

— Un jour je finirai par te pousser à me donner la fessée, le menaça-t-elle.

— Probablement. Mais en attendant, il faudra que tu l'anticipes.

Il lui donna une claque sur les fesses et lui fit un clin d'œil, passant brusquement d'un air renfrogné à un sourire narquois. Ce type soufflait le chaud et le froid ! Sérieusement. Elle ne savait jamais à quoi s'attendre avec lui.

C'est pour ça qu'il est si amusant !

Cette petite réaction coquine de sa part méritait une réponse, mais avant qu'elle n'ait le temps de rétorquer quelque chose de percutant ou de cinglant, Luna se retrouva face au plafond alors que Jeoff la retournait sur le dos. Il sauta hors du lit, son pantalon de la veille pendouillant sur le haut de ses fesses fermes. Un stupide gentleman qui dormait habillé. Plus horrible encore, ce foutu pantalon s'accrochait fermement au lieu de glisser pour dévoiler son joli petit cul.

— Où est-ce que tu vas ? ne put-elle s'empêcher de lui demander.

Mais au fond, elle avait plutôt envie de lui dire : « Ramène tes fesses ici ».

Elle était complètement d'humeur à le tripoter.

Mais apparemment, Jeoff avait d'autres plans.

La chaise placée sous la poignée de la porte détournait son attention. Il la poussa sur le côté pour ouvrir la porte, mais au moment de sortir, il s'arrêta, daignant enfin lui répondre.

— Premièrement, je vais aller faire pipi. Puis, je vais manger. Ensuite, je vais rentrer chez moi pour m'habiller avant d'aller jeter un œil à la Ménagerie Tropicale. Après ça, j'ai l'intention de traquer Charlemagne.

— Je ? Qu'en est-il de « nous » ? dit-elle en pinçant les lèvres d'un air têtu. Tu n'y vas pas sans moi.

— Alors, sois prête dans dix minutes.

— Dix minutes ?

Il lui sourit depuis la porte de sa chambre.

— Oui, dix minutes si tu comptes venir avec moi. Je n'ai pas de temps à perdre avec des futilités féminines. Arik m'a demandé d'obtenir des réponses, et c'est ce que je compte faire.

— Tu ne le feras pas tout seul, parce que je viens avec toi, murmura-t-elle en sortant du lit. S'il croyait qu'elle était le genre de fille qui mettait une heure à se préparer, eh bien il allait vite se rendre compte qu'il avait tort.

Le problème, c'était qu'il avait une longueur d'avance car il utilisait sa salle de bains pour faire pipi. Il lui suffit d'un couteau à beurre pour faire sauter le verrou et elle parvint à entrer facilement, ce qui le fit hurler :

— C'est quoi ce bordel ?!

Il s'arrêta brusquement d'uriner alors qu'il n'avait pas terminé. Une maîtrise de soi impressionnante.

— Salut, mon loup.

Elle marcha d'un pas nonchalant, nue comme un ver.

Il garda les yeux focalisés sur son front.

— Il n'y a pas de salut qui tienne. Si j'ai fermé la porte, c'est qu'il y a une raison. Ça s'appelle l'intimité.

— Je ne connais pas ce mot.

— Ne commence pas, Luna. Tu ne pouvais pas attendre que j'aie fini ?

— Non. J'ai un délai à respecter, qui est le tien d'ailleurs. Mais ne fais pas attention à moi, dit-elle avec un sourire diabolique tout en s'arrêtant derrière lui, observant son corps. Vas-y, continue de faire pipi pendant que je vais prendre ma douche.

Sans surprise, il ne termina pas sa petite affaire et garda la main sur son engin.

Un point pour lui. Passant à côté de lui, elle entra dans la baignoire. Se penchant en avant, elle tendit le bras pour ouvrir l'eau et recula ensuite pour que le jet d'eau froide initial ne l'atteigne pas. Comme il n'y avait pas de rideaux de douche, la vitre qui faisait office d'écran protecteur lui offrait une vue parfaite sur Jeoff, qui se tenait toujours devant les toilettes, la tête tournée vers elle.

Elle lui fit signe de la main en souriant.

— Tu ne veux pas te joindre à moi ?

Il lui jeta un regard noir, voire même incendiaire, tout en prenant un air détendu.

Tant mieux. Ça ne lui ferait pas de mal d'être aussi agacé qu'elle.

Les hommes, non pas les mâles du clan, car ils avaient

vite appris à ne pas contrarier les lionnes, mais les autres ceux qui appartenaient à d'autres espèces de métamorphes croyaient toujours qu'ils pouvaient contrôler la situation. Ils pensaient qu'une femme devait être discrète, remarquée, mais silencieuse. Au diable tout ça. Luna avait toujours été un garçon manqué et un esprit libre.

Tante Zelda s'en plaignait souvent :

— *June, comment peux-tu la laisser se comporter comme une sauvage ?*

Ce à quoi sa mère chérie répondait :

— *Elle n'est pas sauvage. Elle a seulement de la force et du caractère.*

Cela signifiait que Luna ne ressentait pas le besoin de se plier au statu quo. Elle agissait comme bon lui semblait, ce qui parfois, se révélait un peu choquant. La plupart des mecs n'étaient pas capables de le supporter. Ce n'était pas pour rien que Luna avait toute une série d'ex-petits amis. Non pas parce qu'une fois qu'elle couchait avec eux elle les larguait, mais plutôt parce qu'ils n'arrivaient pas à la gérer. Ils ne supportaient pas qu'elle ne soit pas fragile et délicate. Elle ne satisfaisait pas leur égo. Elle n'avait pas besoin qu'ils mènent ses propres combats. Et elle les interrompait également pendant qu'ils faisaient pipi.

Mais, elle devait préciser qu'elle n'avait elle-même aucun problème pour faire pipi devant un mec. Ce n'était pas de sa faute si, quand elle s'accroupissait durant une randonnée dans les bois, ils réagissaient tous comme si c'était grave. Ils étaient simplement jaloux qu'elle vise bien mieux qu'eux. Et pour ceux qui se demandaient à quel point elle maîtrisait le sujet, eh bien elle était capable d'écrire son prénom, en lettres cursives.

Elle trouvait intéressant que même en étant elle-même, Jeoff ne s'était toujours pas enfui. Certes, il l'avait repoussée, mais qu'avec des mots. Que des paroles. Ses actes étaient bien plus parlants, sans parler de son érection quasi constante quand elle était près de lui.

Jeoff a passé la nuit ici. Il l'avait passée avec elle parce qu'il s'était fait du souci. Il n'était pas obligé. Il aurait facilement pu appeler quelqu'un. N'importe qui au sein du clan aurait pu venir surveiller ses fesses pendant qu'elle ronflait. Mais Jeoff n'avait pas cherché de remplaçant. Il avait décidé de la surveiller lui-même et elle s'était réveillée, allongée sur son torse, son cœur battant sous son oreille et ses bras autour d'elle. Comme elle n'avait encore jamais dormi comme ça avec qui que ce soit, elle ne pouvait que supposer que c'était lui qui avait initié cette étreinte. Il l'avait câlinée toute la nuit et jouait désormais à M. Prude avec elle.

Elle n'avait aucune compassion pour lui.

— Bon, tu comptes finir de faire pipi oui ou non ? demanda-t-elle en levant son visage vers le jet de la douche.

— Non.

Même s'il ne faisait pas pipi, il ne s'en alla pas pour autant. Tout comme il ne la regardait pas vraiment, même si elle se tortillait sous le jet d'eau.

Il resta là, regardant dans le vide et fronçant les sourcils.

Pivotant sous la douche, elle se pencha pour attraper son gel douche tout-en-un. Il ne lui fallut pas longtemps pour qu'elle soit recouverte de mousse, de la tête aux pieds. Il la regarda tout le long, même si elle n'aurait pas pu dire s'il en était conscient, il semblait manifestement ailleurs.

Ce ne fut que lorsqu'elle fut entièrement rincée et qu'elle coupa l'eau, qu'il sortit de sa torpeur. Il saisit une serviette qui pendait sur une barre contre le mur et la lui jeta avant de tourner les talons et de repartir dans sa chambre. Elle prit sa brosse à dents, y déposa un peu de dentifrice et le suivit.

Elle se brossa les dents alors que Jeoff enlevait son tee-shirt, dévoilant ses superbes abdominaux, sous une peau parfaitement lisse – la seule amélioration aurait pu être la marque de ses dents à elle. Il glissa les bras à travers les manches de la chemise qu'il avait portée la veille alors qu'elle mâchouillait les poils de sa brosse à dents puis, d'une main, elle prit quelques vêtements pour elle.

Pour le ralentir, elle fit tomber la serviette par terre et fit de son mieux pour attirer son attention. Elle y parvint plutôt bien puisqu'elle sauta à cloche-pied pour enfiler sa culotte et que sa bouche se mit à mousser à cause du dentifrice alors que ses cheveux mouillés lui collaient au visage.

Tu parles d'une façon de séduire ! Mais encore une fois, ça, c'était la vraie Luna. Elle ne croyait pas aux artifices. *Ça doit être pour ça que je suis toujours célibataire.* Pourtant, elle n'avait pas envie de se livrer aux petits jeux des autres filles. Elle n'aimait pas le maquillage et n'avait pas envie de passer une heure par jour à se coiffer. Elle était plutôt le genre de fille qui frottait sa serpillère blonde avec une serviette, relevait le tout en un chignon et y accrochait une barrette. Elle mit un soutien-gorge uniquement pour que ses seins ne rebondissent pas si elle devait courir, une culotte sous son jean pour que le tissu ne l'irrite pas et un tee-shirt génial avec un hibou imprimé sur chaque sein qui disait : « Arrête de regarder mes nichons ».

Bien évidemment, cela ne fonctionnait jamais.

Jeoff la regarda fixement.

— Tu n'aurais pas des tee-shirts un peu moins grossiers ?

Elle jeta un coup d'œil dans son tiroir ouvert, puis secoua la tête.

— Non.

— Tu ne peux pas porter ça. Pas si tu comptes venir avec moi pour traquer Charlemagne.

— T'es sérieusement en train de me dire ce que je dois porter ?

— Oui.

Elle plissa les yeux.

— Oblige-moi à le faire alors.

Un joli défi qui la rendit enthousiaste, pleine d'anticipation.

Alors que fit Jeoff ?

Il pivota et partit. Comptait-il vraiment s'en aller ? C'était ce qu'il avait fait hier soir.

Et s'il recommençait ? Elle ne pouvait pas le laisser partir tout seul. Ce fichu type l'obligea à le poursuivre.

— Où est-ce que tu vas ? s'énerva-t-elle dans son dos.

— Je t'ai dit que tu avais dix minutes. Tu n'es pas prête, alors je m'en vais.

— Je suis plus que prête.

— Non, pas avec ce tee-shirt, non.

— Tu es un putain de prude, mon loup, grogna-t-elle.

— Ça ne me dérange pas, rétorqua-t-il. Passe une bonne journée.

Clac !

Ce connard venait de partir.

— Oooh, parfois j'ai vraiment envie de l'étrangler, grogna-t-elle en se ruant vers sa penderie et en récupérant l'une des *jolies chemises* redoutables que sa tante Zelda lui avait offertes.

Il s'agissait d'une chemise à manches longues, légèrement cintrée et recouverte d'un motif fleuri assez féminin. Elle l'enfila par-dessus son tee-shirt comme elle n'avait pas de temps à perdre.

Elle rattrapa Jeoff alors que celui-ci attendait l'ascenseur. Il était adossé au mur, l'air délicieusement chiffonné, sa barbe d'un jour recouvrant sa mâchoire tel un voile sombre et rugueux et ses cheveux étaient ébouriffés.

Il leva un sourcil.

— Ah t'as réussi.

Il entra dans l'ascenseur et elle le suivit.

— Évidemment que j'ai réussi, grommela-t-elle en appuyant sur le bouton du rez-de-chaussée.

— Il faut que nous allions récupérer ma voiture, dit-il en pressant celui du parking.

— On ira, mais d'abord…

Les portes de l'ascenseur s'ouvrirent sur le hall, où quelques lionnes paressaient.

— Si tu comptes me faire porter quelque chose de respectable, alors ça mérite une revanche mon loup. Voilà, bienvenu à la marche de la honte.

Vu ses convictions sur le fait de ne pas sortir avec des lionnes, Luna s'attendait à ce qu'il rechigne. Mais Jeoff ne cessait de la surprendre. Elle ne put s'empêcher d'être agacée et intriguée à la fois quand il passa son bras autour de sa taille et, avec une aisance décontractée, il se pavana dans le hall avec elle.

— Bonjour, mesdames.

Ce petit surnom très distingué en fit ricaner certaines.

— On dirait que quelqu'un a dormi ici cette nuit, remarqua Stacey en tenant sa tasse de café entre les mains, donnant elle-même l'impression de s'être bien amusée cette nuit.

— Qui a dit qu'on avait dormi ? dit Jeoff avec un petit rire diabolique qui titilla certaines parties du corps de Luna de façon très inappropriée.

Si seulement il allait au bout de ses allusions.

Mais il n'était pas le seul à pouvoir jouer à ce petit jeu. Elle baissa la main pour lui toucher les fesses.

— Peut-être que la prochaine fois je te laisserai être au-dessus.

— Pourquoi faire, tu étais si heureuse de faire tout le travail, chaton.

Il avait osé. L'expression que Luna détestait le plus. Celle qui rendait son côté féminin complètement hystérique. Avant même qu'elle ne puisse lui arracher la langue, il plaqua ses lèvres contre les siennes. Il embrassa Luna et toute sa colère disparut, malgré les remarques.

— Je n'arrive pas à croire qu'elle ne l'ait pas tué pour avoir osé dire ça.

— Merde, ils me donnent presque envie d'avoir un chien à moi.

— Prenez une chambre ! Avec une caméra vidéo installée pour qu'on puisse regarder en direct.

Essoufflés et l'esprit brumeux – probablement un effet secondaire de la drogue – ils parvinrent à sortir en vie du hall, non pas sans excitation.

Se précipitant vers le parking, Luna se tenait derrière

Jeoff, marchant plus lentement que lui qui se pavanait vers son véhicule. Comment osait-il paraître si peu affecté par leur baiser ? Ce n'était pas juste.

Il n'arrêtait pas d'envoyer des signaux contradictoires, encore et encore. Il ne cessait de la taquiner. De lui faire croire qu'elle le tenait pour ensuite lui couper l'herbe sous le pied. Et cette frustration qu'elle ressentait ? C'était de sa faute. Tout ce qui l'agaçait actuellement était de sa faute. Et il osait se pavaner.

Elle bondit sur lui, lâchant un grognement alors qu'elle lui sautait dessus. À ce moment-là, elle eut envie de le blesser. De le faire tomber au sol et de le frapper plusieurs fois. Du moins, c'était son intention. Il pivota à la dernière seconde, la saisit en plein vol et l'attira contre lui.

— Il y a un problème ?

— Oui, il y a un problème ! s'énerva-t-elle. Tu es un allumeur.

— Et toi non peut-être ?

— Je ne le serais pas si tu lâchais prise une minute. On pourrait alors enfin se débarrasser de toute cette tension sexuelle.

— Tu crois vraiment qu'une seule fois suffirait à passer à autre chose ?

Ses mains saisirent ses fesses et il la pressa contre lui, mettant en évidence son érection flagrante.

— Et si on lâchait prise comme tu dis, et que ça ne suffisait pas ? Et si tu avais besoin de plus ? Et si j'avais besoin de plus ?

Elle resta bouche bée.

— Tu veux dire qu'on sorte ensemble ?

— Ouais, qu'on sorte ensemble. Un engagement l'un envers l'autre.

— Tu parles d'une vraie relation là ? dit-elle en fronçant le nez et en le repoussant. Attends une seconde. Qui a dit que ce serait plus que du sexe ? Ralentis une seconde, mon loup.

— Tu es sérieusement en train de m'accuser d'aller trop vite ? C'est toi qui me pousses à baisser mon pantalon et à passer à l'action.

— Ben, ouais, parce que le sexe c'est facile. Tu te mets à poils, tu baises et c'est fini. Alors que toi ce que tu proposes... dit-elle en faisant la moue. Ça ne se termine jamais bien.

Elle avait plusieurs antécédents qui pouvaient le prouver.

— Exactement. Au moins, nous sommes tous les deux d'accord sur le fait que ça ne se terminerait pas bien. C'est pourquoi il n'y aura pas de sexe.

— Parce que tu as peur de tomber amoureux de moi ?

L'idée lui semblait trop improbable pour l'envisager, pourtant, il semblait très sérieux.

— J'ai très peur même. Et je ne pense pas qu'aucun de nous n'ait envie de ça.

Il avait raison. Complètement raison. Imaginez, le loup et elle, un vrai couple ? Quelle blague. Ça ne marcherait jamais. Les chats et les chiens n'étaient pas faits pour être ensemble.

Ça marche pour Arabella et Hayder.

Parce qu'ils étaient faits l'un pour l'autre. Alors qu'elle et Jeoff, non. N'est-ce pas ? Hein, n'est-ce pas ?

Elle se posa mentalement la question, mais sa lionne ne voulut pas lui répondre.

Cela suffit à la rendre silencieuse durant le trajet jusqu'à chez lui, où ils ne restèrent que quelques minutes alors que Jeoff passait d'acolyte de soirée pyjama débraillé en mec élégant en costume avec ces lunettes ridiculement sexy.

Grrr.

Le trajet en voiture de chez lui jusqu'au club ne durerait pas longtemps, ce qui voulait dire qu'elle n'avait pas beaucoup de temps pour faire disparaitre cette drôle de tension sexuelle entre eux.

— Bon, maintenant que t'as eu l'occasion d'y réfléchir, tu veux qu'on baise ? dit-elle en lui serrant la cuisse pour appuyer ses propos.

Il soupira.

— Est-ce qu'on va encore avoir cette discussion ?

— Oui, parce que tu sembles avoir l'impression que tu vas tomber amoureux de moi et que tu vas rester coincé avec moi, ta compagne, pour la vie.

Ce qui elle aussi la terrorisait.

— Mais tu peux demander à mes ex, ils te diront tous que je n'ai pas le potentiel nécessaire pour être une bonne petite amie, continua-t-elle.

— Parce que ce sont des idiots.

— Pardon ?

— Le fait qu'ils n'aient pas réussi à t'apprécier pour ce que tu es ne signifie que dalle.

— Est-ce que c'est ta façon de me dire que toi tu pourrais m'apprécier pour ce que je suis ?

Détournant les yeux de la route, il lui lança un regard qui voulait dire : « *Pff, à ton avis ?* »

Elle soupira.

— C'est dommage que tu ne sois pas un lion.

— Si j'étais un lion, nous ne serions pas en train d'avoir cette conversation.

— Qu'est-ce qu'on ferait à la place ?

Il ne répondit pas, il saisit simplement sa main qui était posée sur sa cuisse et la fit glisser jusqu'à son entre-jambes. Encore une fois, il envoyait des signaux contradictoires. Et dire qu'il se demandait encore pourquoi elle essayait sans cesse de coucher avec lui.

Comme il semblait déterminé à la déstabiliser, elle changea de sujet.

— Bon, qu'est-ce que tu en penses ? Est-ce que ce Charlemagne serait une sorte de génie diabolique ? Est-ce qu'il kidnappe des métamorphes pour leur faire des choses ignobles ?

— Aucune idée, mais vu ce qu'il s'est passé dans son club la nuit dernière, quelque chose se trame. Je veux découvrir ce qu'il se passe.

— Je ne comprends toujours pas pourquoi ils ont aspergé la pièce avec des drogues. Ça n'a absolument aucun sens.

— Je ne sais pas. C'était peut-être un coup monté pour faire le buzz autour de ce club.

— Mais ce genre de buzz pousserait les flics à fouiner. Une boîte de nuit qui enfreint quelques règles c'est une chose, mais une orgie géante, c'en est une autre. Même les flics ne peuvent pas fermer les yeux sur ce genre de chose. Et même si je ne suis pas un businessman, je ne vois pas pourquoi un homme d'affaires intelligent voudrait attirer ce genre d'attention.

— En supposant qu'il soit vraiment intelligent.

— C'est vrai.

Elle promena ses doigts le long de l'accoudoir de la portière.

— Comme tu ne trouves aucune adresse pour ce Charlemagne à part le club, comment comptes-tu le retrouver ?

— J'espère pouvoir coincer un employé ou deux pour obtenir des informations.

— À cette heure-ci ?

— Après le bordel d'hier soir, ils doivent être en train de faire le ménage.

— En parlant de ménage, il faudrait qu'on mange quelque chose.

— Comment le ménage peut-il te faire penser à ton estomac ?

— Parce que j'aime lécher mon assiette, dit-elle en mimant le geste en question.

Il gémit.

— Arrête.

— Vas-y, oblige-moi. Ou mieux encore, punis-moi.

Il ne le fit pas. Au lieu de ça, il se rendit au drive-in d'un fast food et commanda des sandwichs et des jus de fruits pour le petit-déjeuner.

— Pas de café ? dit-elle en fronçant le nez.

— Tu es la dernière personne à avoir besoin de caféine.

— Pas de caféine ? s'exclama-t-elle. N'est-ce pas considéré comme de la cruauté envers les félins ?

— Te balancer par la queue serait cruel. Ça, c'est simplement être honnête.

— L'honnêteté serait de céder à l'inévitable. Ça finira par arriver, le menaça-t-elle en sortant de la voiture, ses baskets heurtant fermement l'asphalte.

Prends ça, saleté de grille. Il n'y aurait pas d'accident de chaussures aujourd'hui.

Sans la foule qui attendait pour entrer dans le club, et étant donné que c'était dimanche, la rue était assez dégagée et calme, notamment à cette heure-ci. Quelques voitures et camions vrombissaient le long de la route. Une personne portant un pantalon militaire et une veste de bûcheron assez large déambulait le long du trottoir, bougeant la tête en écoutant de la musique.

L'extérieur du club paraissait moins impressionnant à la lumière du jour, l'enseigne lumineuse était éteinte et la façade du bâtiment était peinte en noir mat. La nuit précédente, des lumières clignotantes l'éclairaient avec intensité et lui donnaient un aspect éblouissant. Excitant et vibrant la nuit, et un peu triste et fade le jour.

Les portes d'entrée, un ensemble métallique avec des soudures rivetées et de solides poignées métalliques, étaient verrouillées, une chaîne et un cadenas y étant accrochés.

— Je ne crois pas qu'il y ait quelqu'un ici, remarqua-t-elle en tirant le cadenas d'un coup sec pour l'entendre claquer lorsqu'il retomba contre la porte.

— En tout cas, personne qui ne soit passé par l'entrée, observa-t-il en fronçant les sourcils. Ce qui est bizarre. Je veux dire, hier soir l'endroit était bondé. On aurait pu s'attendre à ce qu'il y ait une équipe de ménage ou autre à l'intérieur et pourtant, je ne vois aucun camion ni voiture, garés pas loin.

Elle n'avait même pas pensé à regarder.

Tu parles d'un prédateur.

Hé, tu ne m'as pas non plus demandé de vérifier.

Sa féline renifla mentalement puis se détourna.

Quelle insolente. Mais quand même, il fallait vraiment qu'elle fasse plus attention. Ce qui s'était passé la nuit précédente avec ce type qui avait essayé de la kidnapper était grave. Qu'est-ce que c'était que cette histoire ? Elle était très contente que Jeoff soit revenu la chercher.

Il nous a sauvées. On devrait le récompenser. Le genre de léchouille que proposait sa lionne n'avait rien à voir avec du toilettage.

— On devrait aller vérifier l'allée et l'arrière du bâtiment. Ils ne sont peut-être pas entrés par-là.

En faisant le tour de l'entrepôt, ils ne trouvèrent aucune porte ouverte, celle par laquelle ils étaient sortis la veille était fermée à clé. La route à sens unique qui se trouvait à l'arrière était encombrée par des camions de livraison mais il n'y avait personne d'autre. Tout indiquait que l'endroit paraissait abandonné. Ce qui était bizarre, car comme l'avait dit Jeoff, après le dégât des eaux de la nuit précédente, une équipe de nettoyage aurait dû être là à la première heure pour préparer le club à rouvrir le plus tôt possible.

Retournant devant le bâtiment, ils s'adossèrent tous les deux contre sa voiture – avec précaution pour ne pas la rayer, mais assez près pour pouvoir la caresser – et observèrent le club qui était fermé.

— Et maintenant, mon loup ? Notre plan qui consistait à interroger quelqu'un qui travaille ici tombe à l'eau.

— C'est peut-être mieux ainsi.

— Comment ça ? demanda-t-elle, le suivant jusqu'au coffre de la voiture.

Il l'ouvrit et se pencha pour sortir des cisailles.

— C'est mieux parce que ceux que nous aurions interrogés auraient probablement menti. Le genre de personnes qui font des trucs qu'ils ne sont pas toujours censés faire.

— Je fais tout le temps des trucs que je ne devrais pas faire, mais ce n'est pas pour autant que je mens à ce sujet.

Il plaça la cisaille autour de la chaîne.

— Non, toi tu dis la vérité, ce qui parfois, est encore plus effrayant.

— Tu as peur de la vérité ?

Il la regarda droit dans les yeux.

— Oui. Beaucoup.

C'était drôle, car elle aussi avait peur de la vérité. À vrai dire, beaucoup de choses que disait Jeoff la faisaient flipper. Notamment quand il avait avoué avoir peur que coucher une seule fois ensemble ne suffise pas.

Eh ben on couche avec lui deux ou trois fois. Au bout d'un moment, ils finiraient par en avoir marre. Jeoff se rendrait compte qu'elle ne serait jamais délicate ou féminine. Il voudrait se mettre avec quelqu'un qui ne trouverait pas cela amusant de faire un bras de fer pour savoir qui prendrait la télécommande. Qui ne tirerait pas exprès la chasse d'eau des toilettes pendant qu'il serait sous la douche juste pour l'entendre crier. Éventuellement, avec le temps, les petites actions de Luna finiraient par l'atteindre. *Je le rendrais fou. Il finirait par partir.* Ou bien elle le verrait venir et partirait la première. Une fois qu'un gars se mettait à pleurer parce qu'elle gagnait à chaque fois qu'ils faisaient la course en jouant à la console, il n'y avait pas de retour en arrière.

Et si Jeoff ne partait pas ? S'il restait ? Et si elle restait aussi ? Et qu'ils devenaient...

Schlack. Les cisailles tranchèrent un maillon métallique de la chaîne, attirant son attention. Un autre coup de pince le cassa pour de bon.

— C'est ce qu'on appelle entrer par effraction.

Comme elle identifiait qu'un crime était en cours, elle éprouva le besoin de le mentionner.

— Le fait d'enfreindre certaines règles humaines te met mal à l'aise ?

— Non.

Au contraire, ça lui faisait mouiller sa culotte.

Il prit le temps de jeter un coup d'œil à droite à gauche. Ne voyant personne, il tira la chaîne en métal à travers les poignées de porte.

— Comme le lieu est vide et qu'on ne peut interroger personne, j'ai trouvé un meilleur moyen d'obtenir des informations.

Il stocka la chaîne et le verrou dans le coffre de sa voiture ainsi que les cisailles. Avant de le fermer, il tendit la main pour prendre une petite trousse à outils. Il ouvrit son manteau et la mit dans l'une de ses poches intérieures.

Elle saisit le bord de sa veste avant qu'elle ne se referme.

— C'est quoi ça ?

Ça, faisant référence au pistolet dans son étui qui était rattaché à sa taille. Cela la surprit. Luna était plutôt le genre de fille qui aimait se battre à mains nues.

— C'est pas très fairplay non ? dit-elle.

Elle préférait une approche à « pattes-nues ».

— J'appelle ça l'égalité des chances et m'assurer de ne pas me casser la pipe. Je compte être prêt au cas où l'on tomberait à nouveau sur l'homme chauve-souris.

— L'homme chauve-souris ? C'est comme ça que tu le surnommes ? dit-elle en fronçant le nez rien qu'à l'idée. Je n'ai jamais entendu parler d'un métamorphe chauve-souris.

— Moi non plus. Mais bon, la communauté des métamorphes ne se réunit jamais pour parler des espèces qui en font partie. On est un groupe secret. Pour autant, il y a peut-être des métamorphes élans ou caribous au Nord.

— Des castors aussi !

— OK, là tu dis des bêtises.

— Dit le gars qui me parle d'une chauve-souris.

— Qu'est-ce que tu veux que je dise d'autre ? C'est ce à quoi il ressemblait le plus.

— Ça, c'est toi qui le dis. Moi je trouve qu'il ressemblait à...

L'esprit confus, elle essaya de se remémorer la nuit précédente et de visualiser une image. Puis elle en eut une en tête : une souris géante avec des ailes.

— Tu sais quoi ? Peu importe à quoi il ressemble. Le fait est que tu disposes d'une arme.

— Oui.

— Et moi non.

— Ce qui est probablement plus sûr pour tout le monde d'ailleurs.

Elle lui marcha sur le pied et le poussa d'un coup de hanche, non pas à cause de sa remarque blessante – OK, peut-être un peu – mais surtout parce qu'elle voulait entrer la première.

Certains hommes auraient beuglé, se seraient plaints ou auraient boudé – ça, c'était le pire – mais Jeoff lui, fit une remarque sarcastique.

— Les dames d'abord.

Elle lui fit un doigt d'honneur, parce qu'elle n'était pas une dame, tout en luttant pour ne pas sourire, parce que quand même, il l'avait appelée comme tel.

Lui tournant le dos, elle prit un moment pour regarder autour d'elle. Mais il n'y avait pas grand-chose à voir. Juste une petite salle intérieure avec le banc sur lequel elle s'était assise la veille pour remplir ce questionnaire débile.

Combien de fois par semaine vous masturbez-vous pour votre partenaire ?

Zéro fois, car elle préférait s'auto-torturer.

Comme elle doutait pouvoir trouver le moindre secret bien caché dans ce qui semblait être le vestiaire du club, elle tira sur la poignée de la deuxième rangée de portes. Celles-ci restèrent bloquées.

Encore un verrou.

— Hé, mon loup. T'aurais une épingle à cheveux ?

— C'est une vraie galère de crocheter les serrures.

Il promena ses mains sur la porte pour vérifier quelque chose. Puis, il fit quelques pas en arrière et leva le pied.

Bang ! La semelle épaisse de sa botte cogna la porte et quelque chose craqua. La porte s'ouvrit en grand. Encore un verrou qui sautait.

Un silence suivit et ils s'immobilisèrent tous les deux et écoutèrent. Si quelqu'un s'était trouvé dans le bâtiment, ils l'auraient entendu. Ils retinrent leur souffle et leurs langues tout en tendant l'oreille.

Rien.

— Je dirais que la voie est libre. Après toi, dit-il d'un geste majestueux.

— Toi d'abord, répondit-elle en reproduisant le même geste et en souriant.

— Est-ce que tu te sers de moi comme bouclier au cas où quelqu'un pointerait une arme sur nous actuellement ?

Elle cligna des yeux d'un air faussement innocent en se pointant du doigt.

— Qui, moi ?

Il rigola et entra, sans broncher ni même s'arrêter. Voilà un loup qui avait autant de couilles qu'un lion.

Grrr.

En entrant rapidement dans le vestibule après lui, Luna fut frappée par un changement décevant. La nuit dernière, avec la lumière tamisée et la musique entraînante, la salle paraissait très exotique. La lueur feutrée des différentes lumières avait donné au lieu une impression d'ailleurs.

Avec la lueur du jour qui traversait la porte, on ne voyait plus la vie en rose, et la réalité était là, sans artifices. Elle remarqua le sol en béton plein de bosses, peint en rouge foncé, rayé par les talons et les semelles de chaussures. Ce qu'elle avait pris pour un ciel étoilé était en fait des plaques d'insonorisation vissées au plafond et peintes en noir. Des autocollants métalliques en formes d'étoiles y avaient été appliqués.

C'était assez kitsch, tout comme le bar en lui-même. Elle entra dans la première salle en forme de caverne et ne put s'empêcher de remarquer qu'elle était loin d'être impressionnante. Hier soir, le long bar semblait tout droit sorti de l'ère spatiale avec sa surface en verre éclairée par en dessous, lui donnant l'impression de flotter. Les projecteurs qui changeaient de couleur, accrochés au plafond, recouvraient le sol en béton de motifs colorés. Même les ombres provoquées par les lumières faibles au-dessus de chaque porte ne parvenaient pas à dissimuler ce sol éraflé encore humide par endroit à cause de la douche de la veille.

Elle se demanda si l'absence de fenêtres et d'air dans la salle était la raison pour laquelle cela sentait le moisi. Il n'y avait pas cette odeur de foule, de chaleur et de sexe – du sexe torride, plein d'adrénaline – plus maintenant.

— Difficile de croire que c'est le même endroit qu'hier. C'est tellement... fade.

— C'est la réalité.

La réalité c'était nul.

Elle regarda autour d'elle et réalisa qu'il manquait quelque chose. Bizarrement, la salle semblait plus vide et non pas parce qu'il n'y avait plus personne. Cette zone était celle des canapés et elle trouva cela curieux de constater qu'ils avaient disparu.

— Je vois qu'ils ont quand même fait un peu de nettoyage. J'imagine que les meubles n'ont pas survécu à l'eau.

— J'espère qu'ils les ont brûlés avec la nuit dernière. Quand on pense à ce que faisaient ces gens là-dessus, dit Jeoff en frissonnant.

— Il n'y a rien de mal à faire l'amour, rétorqua-t-elle, se positionnant au centre de la pièce pour avoir une vue d'ensemble.

— C'était mal. Et je ne parle pas du sexe. Je veux dire, ce moment où ces gens ont commencé à le faire sans se contrôler et pas forcément avec ceux avec qui ils auraient dû le faire.

— Est-ce que c'est ta façon de me dire que tu aurais voulu embrasser quelqu'un d'autre que moi ?

La jalousie lui fit sortir les griffes !

— Non, je suis content de t'avoir embrassée toi et pas quelqu'un d'autre. Et c'est d'ailleurs une bonne chose que personne ne t'ait accostée. J'aurais eu du mal à cacher le corps sinon.

— Pourquoi aurais-tu dû cacher un corps ?

— Laisse tomber. Ce que j'essayais de te dire, c'était que certaines choses ne devraient être faites que dans l'intimité et pour les bonnes raisons.

— Parce que tu es prude.

Il soupira.

— Très bien. Oui. Je suis prude et bon sang, je ne vais pas m'excuser pour ça !

Elle lui sourit.

— Tant mieux et tu ne devrais pas. C'est frustrant, mais mignon.

Détournant le regard, elle se mit à inspecter le plafond. Celui-ci se profilait haut dans le ciel et des boules de disco et câbles épais étaient accrochés aux poutres en métal.

— Difficile de croire que c'est le club le plus branché du moment.

— C'est fou ce que des lumières tamisées et de l'alcool peuvent faire. Bon, on devrait commencer à fouiller les lieux avant que notre chance tourne et que quelqu'un se pointe.

— Où devrions-nous chercher en premier ? Je doute

qu'il y ait quoi que ce soit ici. Les dossiers personnels et autres doivent être stockés dans un lieu plus sûr.

— Je suis d'accord. Il doit forcément y avoir un bureau quelque part.

Effectivement, au deuxième étage, qui donnait sur toute la boîte de nuit. Il suffit d'un coup sec pour ouvrir la porte. À l'intérieur, l'endroit était resté sec, puisqu'il s'agissait d'une zone séparée des autres extensions du club.

Ils fouillèrent les tiroirs, passant au crible les documents qui s'y trouvaient, majoritairement des commandes d'alcool, les emplois du temps des employés et d'autres papiers liés à la gérance d'une boîte de nuit.

Ils ne trouvèrent aucun plan secret impliquant un trafic de métamorphes. Aucun compartiment secret dans le tiroir avec des clés USB cachées contenant des vidéos pornographiques ou de meurtres. Même pas des menottes. Ils ne fouillèrent pas seulement le bureau et les classeurs. L'ordinateur se verrouilla après trois mots de passe invalides : « grosnaze », « Lunaestgéniale » et « singed'amour » étant incorrects.

Et non, ces derniers n'étaient pas ses mots de passe. Du moins, plus maintenant.

Ils ne trouvèrent pas un seul indice, à part que la tequila ne provenait pas du Mexique. Quelle horreur !

En descendant les escaliers, elle ne put s'empêcher de retourner sur la piste de danse, quelque chose la turlupinait. Il ne restait pas une seule trace de la fameuse poudre de fée de la veille, celle-ci ayant probablement été emportée par l'eau.

Tout avait été lavé, même les odeurs. Alors pourquoi avait-elle l'impression qu'ils avaient raté quelque chose ?

Caché. Sa féline faisait allusion à quelque chose, mais quoi ? Il n'y avait pas grand-chose à voir ici. Un vestibule, une salle principale pour faire la fête, une zone de stockage derrière le bar avec des toilettes pour les employés et un endroit pour se détendre. Une cabine de DJ, fermée et sèche, protégée du déluge. Qu'avaient-ils loupé ?

— Vous voulez bien m'expliquer pourquoi vous êtes entrés ici par effraction ?

Cette question soudaine les fit tous les deux sursauter et crier. Et ce n'était pas étonnant.

Apparemment, aucun d'eux n'avait vu ce type qui s'était discrètement faufilé derrière eux.

CHAPITRE DOUZE

La chose la plus humiliante qui puisse arriver à un prédateur, à part le fait que quelqu'un lui rase sa fourrure pendant son sommeil, c'était qu'on le prenne par surprise.

C'est-à-dire qu'il ne remarque rien. Rien du tout.

Un échec pour un loup.

Snif.

Cela n'y changeait rien que Luna ait l'air tout aussi surprise que lui. C'était la honte putain, surtout qu'il avait glapi comme un petit chiot effrayé.

L'instinct prit le dessus, lui criant qu'il était en danger. Pivotant sur lui-même, Jeoff étudia rapidement l'inconnu du regard, un inconnu qui marchait encore plus discrètement qu'une araignée au plafond, ce qui, d'après sa sœur, était faux. Elle affirmait que le clic distinct de leurs huit pattes faisait toujours du bruit. Elle savait de quoi elle parlait puisqu'elle avait crié au foutu meurtre chaque fois qu'il avait laissé sa tarentule poilue se balader dans sa chambre quand ils étaient enfants.

Il était devenu bien plus mature depuis, c'est pourquoi il ne comprit pas pourquoi il se sentit soudain comme un petit garçon en présence de quelque chose de si impressionnant que son loup se demandait s'il ne devait pas rouler sur le dos et montrer son ventre.

Pardon ? Même pas en rêve !

Cette envie inquiétante et soudaine de se soumettre n'avait aucun sens. Ce n'était pas comme si le mâle qui lui faisait face représentait un danger évident. En vérité, cela paraissait même assez simple de le neutraliser.

C'était un type très mince, faisant probablement un peu plus d'un mètre quatre-vingt. Ses cheveux étaient noirs, avec quelques reflets rouges, lisses et coiffés en arrière, des traits pâles, un nez fin et des yeux perçants qui ne semblaient pas le moins du monde impressionnés. L'inconnu ne tenait aucune arme et n'avait pas la carrure volumineuse d'une brute. Pourtant, quelque chose ne tournait pas rond.

Il laissa échapper un léger grognement alors que les poils de son loup se hérissaient, n'appréciant pas du tout l'inconnu en question. Il prit une profonde inspiration pour déceler d'autres indices et c'est là qu'il comprit pourquoi sa bête était si agitée. Qui que soit ce type, il n'avait pas d'odeur, mis à part celle de l'assouplissant qu'il avait utilisé pour sa chemise Henley gris fumé. Comme le type d'hier soir. Sauf que ce gars-là n'était pas de la même taille. Y avait-il donc plus d'un type sans odeur naturelle ? Voilà qui était inquiétant, tout comme cette bataille de pouvoir qui avait lieu actuellement.

Les yeux rivés l'un sur l'autre, ils se mirent à adopter une posture dans une sorte de ballet silencieux. Quand des mâles se rencontraient pour la première fois, qu'ils soient sous forme animale ou humaine n'avait pas d'importance. Ils prenaient alors une certaine posture, chaque homme étudiant l'autre. Se toisant de haut en bas. Ils passaient leurs pouces dans la boucle de leur ceinture. Un léger sourire plein de mépris. Cela permettait de savoir qui était le dominant. Il s'avéra que c'était Luna.

— Oh pitié. Vous pouvez arrêter de vous regarder comme ça. On sait tous qui est le chef ici.

Deux paires d'yeux se tournèrent vers elle, juste à temps pour voir son rictus.

— Ne m'obligez pas à le prouver.

— Elle est toujours aussi impertinente ? demanda le type.

— *Elle*, est juste là. Et elle veut savoir qui tu es, lâcha-t-elle d'un air dédaigneux et plein de mépris, telle une reine.

Il haussa les sourcils.

— Qui je suis ? Je crois que j'ai posé la question en premier et contrairement à vous, j'ai le droit d'être ici. Alors qui êtes-vous et pourquoi êtes-vous entrés par effraction ?

— Nous menons une enquête sur ce qu'il s'est passé hier soir.

Jeoff avait une réponse toute prête.

— Ah oui ? Mais au nom de qui ? demanda l'homme en se tapotant le menton. Vous n'êtes pas des flics. Les flics ont besoin d'un mandat pour avoir la permission d'entrer. Et pourquoi la police reviendrait-elle sur les lieux alors qu'elle était plus que satisfaite quand on leur a expliqué que c'était un client qui avait déclenché l'alarme incendie ? Vous ne faites clairement pas partie de la compagnie d'assurance puisque je ne les ai pas appelés. Alors quelle option reste-t-il ?

Il leur jeta un regard sombre, un regard étrangement irrésistible qui donna envie à Jeoff de dévoiler tous ses secrets.

Ouais, mais nan. Jeoff pinça les lèvres et lui renvoya son regard. Un léger sourire étira les lèvres de l'inconnu avant qu'il ne tourne son regard redoutable vers Luna. Jeoff faillit rigoler. Comme si ce genre de chose pouvait l'impressionner.

Les mains sur les hanches, elle lui renvoya son regard.

— Autant céder tout de suite. Je ne cligne jamais des yeux. Et puis, je croyais qu'on avait déjà établi qui était le chef ici, rétorqua Luna.

L'homme soupira.

— Maudites bêtes. Votre espèce est toujours tellement pénible à gérer.

— Pardon ? dit Jeoff.

La tête penchée sur le côté, Luna observa le type d'un peu plus près.

— Vous savez ce que nous sommes, n'est-ce pas ?

— Une lionne et un loup qui se mêlent de mes affaires. Comment puis-je être aussi chanceux ? dit-il avec sarcasme.

— Parce que vous n'avez pas rendu de comptes au roi de la ville.

Même en continuant de renifler et d'observer le gars, Jeoff ne parvenait pas à l'identifier. Bizarre, tellement bizarre putain, parce qu'il n'avait encore jamais rencontré une personne qui n'avait pas d'autre odeur que celle de la lessive sur ses vêtements. Tout être vivant possédait un parfum unique qui lui était propre, enfin jusqu'à présent.

— Vous voulez que je rende des comptes à votre roi ? répondit-il avec un rire gras qui donnait des frissons. Pourquoi ferais-je ça ? Ces règles ne s'appliquent qu'à ceux de votre espèce. Moi en revanche, je ne rends pas de comptes aux animaux, dit-il avec un dédain évident.

De plus en plus de choses ne collaient pas.

— Qu'est-ce que tu es exactement ?

Parce qu'avec sa façon de parler, son attitude et ses connaissances manifestes, il semblait être plus qu'un humain, mais s'il n'était pas un métamorphe, qu'était-il ? Contrairement aux croyances populaires, ce n'était pas parce que les Lycans et autres métamorphes existaient que c'était également le cas de tout un panthéon d'autres créatures de contes de fées. Du moins, c'était ce qu'on avait enseigné à Jeoff.

— Ce ne sont pas vos affaires.

Étrangement, ces mots semblèrent résonner, taquinant les limites de son esprit, se répétant, encore et encore, tel un mantra que l'on chuchote. Il le repoussa de ses pensées.

— Eh bien moi j'en fais mon affaire, dit Jeoff en grognant.

Puis, il se pencha en avant, l'air menaçant.

Le type resta imperturbable et ne battit pas en retraite.

— Tu crois vraiment pouvoir me forcer ?

— Lui, peut-être pas, mais moi oui. Parle. Tout de suite. Qui es-tu ?

Luna se rapprocha, envahissant son espace, mais il ne recula pas pour autant et resta calme alors qu'elle faisait les cent pas autour de lui. Il fallait de sacrées couilles. Une lionne à l'affut ce n'était pas rien.

— Si curieux de savoir qui je suis. Mais j'imagine qu'il n'y a pas de mal à vous l'annoncer. Après tout, je compte bien résider ici prochainement. Je suis Gaston Charlemagne. Le propriétaire de la Ménagerie de la Forêt Tropicale, le club privé dans lequel nous sommes en train de discuter. Comme je suis le gérant, vous allez me dire pourquoi vous êtes entrés ici par effraction.

— Et si on ne le fait pas ?

— Alors peut-être que je laisserai les autorités vous interroger à ma place.

— Je suis sûr que nous pouvons régler ça comme des adultes.

Car la dernière chose que voulait Jeoff, c'était d'impliquer la police dans une éventuelle affaire de métamorphes. Luna avait déjà assez de dossiers contre elle, mais ce n'était pas pour autant que celle-ci savait quand il valait mieux se taire.

— Régler ça comme des adultes ? dit-elle en ricanant. Parle pour toi. Moi je dis qu'on le cloue au sol et qu'on commence à le torturer pour obtenir des réponses.

— Tss, tss, fit Charlemagne en secouant la tête. Les animaux. Ils croient toujours que la violence est une solution. Et celle-ci est tellement vaine, notamment parce que je n'ai rien à cacher.

— Si tu n'as rien à cacher, alors ça ne devrait pas poser problème qu'on te pose quelques questions, proposa Jeoff.

— Si ça vous fait partir, alors allez-y.

— Que sais-tu des couples qui sont venus dans ton club et qui ont ensuite disparu ?

— Disparu ? C'est la première fois que j'entends parler de ça. Vous êtes certains d'être au bon endroit ?

D'habitude assez doué pour cerner les gens, Jeoff n'arrivait pas à analyser cet homme. Sans odeur ni langage corporel auxquels se raccrocher, il ne pouvait que le croire sur parole.

— Ils sont tous venus ici. Et ne sont pas revenus depuis.

Il ne dévoila qu'une partie de la vérité afin de voir s'il suscitait une réaction.

Mais Charlemagne ne sourcilla même pas. Il répondit en secouant légèrement la tête.

— Pourquoi est-ce que tu mens ? Est-ce que tu es certain que ces gens sont venus ici ou est-ce que tu es juste à la recherche d'informations ?

Comment ce salaud savait-il ?

— Est-ce que tu reconnais ces personnes ? demanda Luna en sortant son téléphone et en lui montrant quelques photos qu'elle avait enregistrées.

Charlemagne secoua la tête, observant chaque image.

— Votre obstination est louable, mais déplacée. Je ne salue pas personnellement tous ceux qui franchissent les portes de mon club. C'était peut-être des clients. Peut-être pas. Je crains que je ne puisse pas vous aider et je me demande ce que vous pensiez trouver en entrant dans mon établissement par effraction.

— Nous cherchions des indices, déclara Luna avec audace.

— Et alors, vous en avez trouvés ? Peut-être quelques gouttes de sang dans les toilettes ? Un trophée dans mon bureau ? Un cadavre au sous-sol ?

— Cet endroit dispose d'un sous-sol ?

— Un petit pour le matériel, mais ce n'est pas la question. Votre enquête est infondée et illégale.

— Ce qui est illégal, c'est ce qu'il s'est passé la nuit dernière. On était là. On a vu ce qu'il s'est passé.

Enfin, ils l'avaient surtout ressenti. Le problème, c'était que l'effet des drogues s'était estompé, mais son désir pour Luna lui, n'avait pas disparu. Bon sang, il existait déjà, bien avant la drogue. À moins de céder, il n'était pas sûr de pouvoir s'en débarrasser.

— Est-ce que vous cherchez à vous faire rembourser parce que quelqu'un a écourté votre soirée en déclenchant les douches incendie ?

— Je cherche à savoir pourquoi tous les clients de la boîte ont été drogués.

Face à cette accusation, Charlemagne éclata de rire.

— Drogués ? Et qu'est-ce qui vous fait croire une chose pareille ?

Une fois de plus, Luna ne pesa pas ses mots.

— Parce que le club entier s'est transformé en orgie géante.

— Oui, j'ai entendu dire que les clients étaient d'humeur plus coquine que d'habitude hier soir. Et alors ?

Son haussement de sourcils et son air dédaigneux accompagnaient très bien sa réponse.

— C'était dû à la drogue, l'accusa Jeoff.

Sinon comment expliquer cette perte de contrôle qui l'avait presque poussé à prendre Luna sur le sol, tel un animal ?

— Cette accusation est infondée. Les gens ont été stimulés et se sont désinhibés. Vous vous êtes laissé prendre au jeu, une version sexuelle de l'effet de groupe. Et maintenant vous regrettez vos actes et cherchez à blâmer quelqu'un.

Ses yeux sombres scintillèrent.

— Il ne s'est rien passé hier soir, continua-t-il. Et il n'est rien arrivé à ces personnes disparues. À moins que vous ne fassiez vraiment partie des forces de l'ordre et que vous ayez un mandat, je vais vous demander de partir. J'en ai assez de répondre à vos questions. La sortie est par-là, dit l'homme en pointant celle-ci du doigt et Jeoff se mit en colère.

C'était une chose de recevoir des ordres d'Arik, mais c'en était une autre d'en recevoir de cet arriviste qui se croyait supérieur à lui.

Quant à Luna, évidemment, elle n'avait pas l'intention de l'écouter.

— Tu peux arrêter avec tes ordres. Je n'en ai pas fini avec toi.

— Oh. Que. Si. *Dormez !*

Le type leva la main et il souffla, envoyant la poudre qu'il tenait dans sa main dans leur direction. Jeoff retint sa respiration, déterminé à ne pas l'inhaler, mais les fines particules lui piquèrent quand même les yeux et se posèrent sur sa peau.

En un clin d'œil, il se retrouva dehors, sur le trottoir, à moitié affalé par terre avec Luna à ses côtés.

— Qu'est-ce qui vient de se passer putain ? demanda Jeoff en se relevant.

Luna s'élança vers l'avant et tira sur la porte qui, même si les poignées n'étaient pas enchaînées, ne s'ouvrit pas. Quelque chose la bloquait de l'intérieur.

— Comment sommes-nous arrivés ici ?

Je ne sais pas. Un aveu émasculant qu'il n'avait pas envie de faire.

— Je crois que ce type à l'intérieur nous a fait quelque chose. Il nous a drogués avec cette poudre qu'il a soufflée dans notre direction, puis il nous a amenés dehors.

— Alors je n'ai pas imaginé tout ce qu'il vient de se passer ? dit-elle en lui jetant un regard. Tu l'as vu et lui as parlé aussi ?

— Oui. Et je dois dire que je n'ai pas du tout apprécié ce type.

— Mais qu'est-ce qu'il était, putain ? demanda-t-elle en s'écartant de la porte.

La tête en arrière, elle regarda vers le haut, observant ce bâtiment fermé, dont toutes les fenêtres avaient été peintes, aucune d'entre elles n'offrait un aperçu de l'intérieur, même s'ils pouvaient les atteindre.

— J'en sais rien, bordel, dit-il en haussant les épaules. J'espérais que tu le saurais.

— Non. Mais il n'est clairement pas humain.

Là-dessus, ils étaient tous les deux d'accord.

— Tu crois qu'il est ici tout seul ?

S'il n'y avait aucun renfort, peut-être qu'ils pourraient attaquer le lieu et... quoi ? Il n'y avait aucune raison d'attaquer ce Charlemagne. Mais ils ne pouvaient manifestement pas ignorer ce type.

Elle tapota sa lèvre inférieure, le regard distant.

— Quoi qu'il soit, il est fort, ou du moins rusé. Quant aux renforts, je pense qu'il y en a au moins un, peut-être plus, de son espèce qui se trouve avec lui. Le fait qu'il n'ait pas d'odeur m'a fait repenser à ces videurs hier soir. Celui qui se tenait à l'entrée et celui que j'ai secoué. Sans parler de celui qui m'a sauté dessus dans mon appartement.

— Et notre petit camarade dans les bois ?

Elle haussa les épaules.

— Ça pourrait être un de ceux qu'on a rencontrés, ou un nouveau. Sans odeur, je ne peux pas être sûre. Ce que je sais c'est qu'ils sont trop nombreux et que je n'aime pas ça. Il faut qu'on retourne à l'intérieur, remarqua-t-elle.

— Je ne pense pas que Charlemagne va nous répondre si on toque à la porte.

— Alors, ne toquons pas, dit-elle avec un rictus. On reviendra ce soir et on attendra que les portes s'ouvrent. Il ne peut pas nous empêcher de venir passer du bon temps dans son club.

Sauf qu'apparemment, si.

Malgré le dégât des eaux de la veille, la boîte de nuit était ouverte ce soir-là, plus bondée que jamais. Mais ce ne fut pas la raison pour laquelle le videur, le même que la nuit précédente, ne les laissa pas entrer.

Les bras croisés sur la poitrine, la grosse brute, qui s'était aspergée d'eau de Cologne, un parfum assez puissant pour vous brûler les poils de nez, leur bloquait le passage.

— Vous n'avez pas le droit d'entrer.

— Pourquoi ? Vous nous avez laissé entrer hier soir.

— Pas aujourd'hui.

— Mais regardez..., dit Luna en sortant une pièce d'identité et en l'agitant sous son nez. J'ai apporté mon permis de conduire.

— C'est toujours non. Ordres du patron.

— Charlemagne nous a mis sur liste noire ?

Cela expliquait beaucoup de choses, mais ce ne fut pas pour autant que Luna était prête à l'accepter.

— Nous sommes dans un pays libre. Vous ne pouvez pas m'empêcher d'entrer.

En réalité, si et ils pouvaient également appeler les flics. Enfin, c'est ce que Jeoff déduisit en entendant les sirènes au loin.

— Allez, viens, dit Jeoff en tirant Luna par la main. On ira ailleurs.

L'air renfrogné et tapant du pied avec ses bottes de cowgirl, qui étaient adorables tout comme sa jupe en jean et sa chemise à carreaux nouée sous sa poitrine, Luna marcha d'un pas énervé vers la voiture.

— Je n'arrive pas à croire qu'on s'en aille. Je veux dire, on aurait carrément pu lui mettre la pression. Ou moi j'aurais pu lui mettre la pression et toi tu te serais faufilé à l'intérieur pour enquêter sur son personnel et d'autres trucs pour voir s'il y avait d'autres mecs fades.

Les mecs fades étant le nouveau surnom qu'elle employait pour les types qui n'avaient pas d'odeur.

— Le fait de lui mettre la pression n'aurait pas marché.

— Ah, parce que se sauver la queue entre les jambes si ? rétorqua-t-elle d'un ton sarcastique.

Ce peu de confiance qu'elle lui accordait le vexa.

— J'en reviens pas que tu puisses croire qu'ils me feraient fuir aussi facilement, dit-il en émettant un petit bruit réprobateur. Je n'abandonne pas. Mais je vais mettre en place ce qu'on appelle un subterfuge. Faisons croire à Charlemagne et sa bande qu'ils nous ont chassés, alors qu'en réalité...

Il lui sourit.

— On fait demi-tour et on se faufile en utilisant un autre moyen, conclut-il.

— J'aime bien la façon dont fonctionne ton cerveau.

Sauf que son cerveau ne pouvait pas déplacer les hommes qui veillaient à l'avant et l'arrière du bâtiment et une autre paire de vigiles qui gardait chaque extrémité de l'allée. Ajoutons à cela d'autres vigiles postés devant les portes et les sorties.

— À mon avis, ils ne partiront pas, grommela Luna en s'affalant sur le siège passager de la voiture.

— Apparemment, on a fait peur à Charlemagne.

— On aurait dû le pendre par les pieds quand on en avait l'occasion.

— Probablement, mais on ne l'a pas fait. Et tous ces renforts ne veulent pas dire qu'il est coupable de quoi que ce soit. Il a peut-être juste voulu renforcer la sécurité à cause de ce qu'on lui a dit.

— Tu crois vraiment qu'il se préoccupe soudain du bien-être de ses clients ? ricana-t-elle.

— Non, mais je suis prêt à parier qu'il se fait du souci pour sa propre sécurité. Je me demande où il habite.

— Tu n'as toujours pas trouvé son adresse ?

— Non, rien. Mais il a dit qu'il était nouveau dans la région. Peut-être qu'il loue un logement ou qu'il séjourne à l'hôtel. Beaucoup accueillent des hommes d'affaires.

— Tu peux appeler plusieurs hôtels afin de voir si l'un d'entre eux confirme qu'il loge chez eux. Moi de mon côté je vais attendre et voir si l'occasion d'entrer dans la boîte se présente.

— Tu ne te débarrasseras pas de moi aussi facilement. Je sais que cette histoire d'appeler les hôtels c'est comme chercher une aiguille dans une botte de foin. Je suis d'accord avec l'idée de surveiller et attendre. Charlemagne finira par s'en aller et quand il le fera, on le suivra et on le coincera.

Cette fois-ci, ils ne se feraient pas prendre par surprise. Il s'installa donc pour mener la garde depuis sa planque, ce qu'il avait déjà fait des centaines de fois, mais avec Luna, c'était totalement différent. D'une part, l'intérieur de sa voiture s'avéra trop étroit. Il ne pouvait pas ignorer son parfum. Celui-ci tourbillonnait autour de lui en un mélange capiteux.

Elle sent trop bon. Et je sais que ces lèvres ont un goût encore plus incroyable. Vas-y rapidement. Elle est juste là. Si près.

Il avait besoin d'air.

Sortant de la voiture, Jeoff l'entendit dire :

— Où est-ce que tu vas ? Peu importe. Je prends le même chemin que toi.

Oh oui, j'ai envie de la prendre, putain. Sur ma bite, pendant qu'elle crie mon nom.

Son désir pour elle semblait pulser de façon autonome. Ce besoin lui donnait envie de la serrer tout près et...

— J'ai une idée.

Lui aussi. Mais la sienne impliquait de ne plus monter la garde, de dire merde et de trouver un lit. Elle avait raison. Cette attirance qu'il y avait entre eux devait être résolue. Il n'arrivait pas à se concentrer.

— Qu'est-ce que tu fais ? demanda-t-il alors qu'elle l'attrapait par la veste et le poussait vers une ruelle étroite.

— Suis-moi et tu verras.

Aucune lumière n'éclairait l'allée depuis les bâtiments,

pourtant Luna se déplaçait avec aisance entre les palettes en bois et les débris. La vision nocturne était vraiment un avantage, mais elle permettait aussi de se rendre compte à quel point l'endroit était austère. Pas un seul lit ni la moindre parcelle d'herbe douce en vue.

— Avec un peu de chance, ce truc est aux normes, marmonna Luna, le relâchant pour saisir un échelon et poser son pied sur la première marche.

— On ne peut pas monter en haut.

L'odeur rance de la ruelle le sortit de sa torpeur et lui permit de se rendre compte des failles de leur plan actuel.

— On ferait mieux de rester dans la voiture pour être prêts à partir à tout moment au cas où nous aurions besoin de suivre quelqu'un.

— Oh, arrête. Je doute qu'il parte de sitôt. Le club vient juste d'ouvrir. Il y a des chances que Charlemagne soit là pour un moment. Au moins, de là-haut on pourra avoir une bonne vue d'ensemble sur les allées et venues des gens. Sans oublier qu'on n'aura pas l'air aussi suspicieux. Enfin, je veux dire, tu crois sérieusement qu'ils ne vont pas nous repérer dans la voiture ?

Ils ne soupçonneraient rien du tout si les vitres commençaient à s'embuer et que la voiture se balançait d'avant en arrière.

— J'imagine qu'on peut monter et jeter un coup d'œil oui.

Une partie de lui avait envie de préciser qu'il ferait froid tout en haut. Et que s'ils comptaient attendre, ils auraient plus chaud dans la voiture. Mais cette réflexion rationnelle était la raison pour laquelle il ne discuta pas d'avantage.

S'il restait dans cette voiture avec elle, si près de lui, il ne pourrait pas stopper ce qui allait inévitablement se produire. De toute façon, il avait peut-être déjà atteint un point de non-retour.

Il suffisait que Luna remue la queue pour qu'il la suive. Et cette fois-ci il la suivit en montant une échelle en bois et métal, fixée sur la façade du bâtiment. Celle-ci grinçait et tremblait alors qu'ils grimpaient sur les échelons étroits.

Il ne prit pas la peine de détourner le regard face à son ravissant derrière alors qu'elle avançait devant lui, le contractant avec perfection. Il bava un petit peu en l'imaginant se tortiller de la même façon, nue. Apparemment, dès qu'il s'agissait de Luna, il ne pouvait plus résister. Il suffisait qu'elle le pousse légèrement pour le faire basculer de l'autre côté. Mais au lieu de ça, elle le poussa près d'une cheminée qui diffusait de la chaleur sur le toit et comme celle-ci se trouvait près du bord, ils pourraient rester au chaud tout en montant la garde.

— Tu savais qu'il y avait une cheminée ? demanda-t-il tout en remarquant les caisses de lait posées à l'envers entre le garde-fou et celle-ci.

— Je l'ai supposé oui. La plupart des bâtiments sont équipés d'un système de chauffage, et à cette période de l'année, ils pompent et diffusent la chaleur dans leurs entrepôts pour garder leurs marchandises au chaud.

— Tu sais, durant toutes mes années de filature, il ne m'est jamais venu à l'esprit d'avoir une vue aérienne. En général, on reste dans la voiture. C'est plus facile pour suivre quelqu'un ensuite.

— Il faut sortir des sentiers battus, mon loup. Dans le cas présent, tu pars du principe qu'il faudra suivre quelqu'un. Mais au cas où tu ne l'aies pas remarqué, aucune voiture n'est garée sur le parking du club. Rien. Nada. Zéro. Donc soit Charlemagne fait tout à pied, soit il va appeler un taxi. Ce qui nous laisse environ une minute une fois que le taxi sera là pour retourner à ta caisse. On a le temps et si on ne le chope pas ce soir, on le coincera demain.

— Tu planifies déjà un autre rencard avec moi ?

Il ne pouvait pas s'empêcher de la taquiner, sachant qu'elle paniquait déjà, rien qu'à l'idée qu'il y ait quelque chose d'un peu plus sérieux entre eux.

— Eh ben, si ça, c'est ce que tu appelles un rencard j'ai dû rater un truc, dit-elle avec un grand sourire. Tu dois reconnaître que d'ici on voit bien mieux ce qu'il se passe.

Elle avait raison. S'ils voulaient être discrets, ils ne pouvaient pas se garer juste devant la boîte. Sinon, ils se seraient fait immédiatement repérer. Mais ici, tapis dans l'ombre ? C'était un endroit parfait pour espionner — et pour les amoureux.

Enfin seuls.

Il fallait qu'il résiste.

Oh et puis merde.

Jeoff en avait marre de résister. Il en avait marre de ses propres règles et principes. Depuis qu'il avait commencé à passer du temps avec Luna, il n'était plus lui-même. Au contraire, il était frustré, anxieux, excité et vivant. Tellement vivant, putain.

Il n'y avait pas que les félins qui étaient curieux. Il l'était lui aussi. Il voulait savoir ce que ça ferait s'il lâchait prise avec elle. S'il disait merde et qu'il lui faisait l'amour comme dans ses fantasmes.

Là, tout de suite. Pourquoi attendre ?

Avant que la logique ne vienne contrecarrer son désir, il attira Luna vers lui, la prit dans ses bras, et plaqua sa bouche contre la sienne, trouvant ses lèvres souples et consentantes.

Au fond, il savait que ce qu'ils faisaient était dangereux, et non pas parce qu'ils s'embrassaient à la vue de tous, devant une boîte de nuit qui était probablement impliquée dans la disparition et le kidnapping de plusieurs personnes. Non, leur étreinte était dangereuse parce qu'il savait qu'il ne pourrait pas s'arrêter et qu'il en voudrait plus.

Tout entière. Je la veux tout entière. Il pouvait dire adieu à sa vie de célibataire. Peu importe si Luna pensait qu'il n'y aurait rien de plus qu'un flirt entre eux. Qu'ils ne feraient ça que quelques fois pour finalement s'en lasser.

Mais lui savait qu'elle se trompait. *Elle est faite pour moi.*

Cette prise de conscience, celle qu'il ne cessait de nier, était la raison pour laquelle il avait lutté si longtemps.

Une fois qu'il s'enfoncerait en elle, qu'il prendrait Luna et la ferait sienne, ce serait fini. Il ne pourrait plus être avec aucune autre femme. Il n'y avait aucun doute là-dessus.

Et il anéantirait tout homme qui penserait pouvoir l'avoir – en se servant de ses poings.

Dès qu'il s'agissait de Luna, il ne pouvait plus se vanter de faire preuve de sang-froid. Si jamais quelqu'un osait la toucher, il deviendrait fou de rage.

CHAPITRE TREIZE

Luna s'était pratiquement convaincue d'arrêter de séduire Jeoff. Ce dernier semblait se satisfaire de cette torture qu'ils s'infligeaient tous les deux, déterminé à lui envoyer les signaux les plus contradictoires qui soient. Alors quand il prit son visage dans ses mains et attira ses lèvres vers les siennes, elle s'attendit clairement à un baiser torride suivi d'une frustration sexuelle intense.

Mais ce ne fut pas pour autant qu'elle le repoussa. Elle ne le pouvait pas. Le contact de sa bouche sur la sienne alluma un feu en elle, un besoin primaire de laisser sa marque sur ce mâle, de le faire sien.

Il y avait entre eux une différence de taille qu'il résolut en la soulevant. Comme elle ne voulait pas qu'il la fasse tomber, elle enroula ses jambes autour de sa taille. C'était sa façon de raisonner à elle, mais en vérité, non seulement cela lui permit d'amener ses lèvres à hauteur des siennes, mais aussi de presser son entre-jambes contre lui – contre sa partie la plus dure.

Il ne pouvait pas nier qu'elle l'excitait. Mais ce qui l'inquiétait, c'était que tout ça entraîne à nouveau une vraie frustration. Le fait d'avoir la « couille bleue » s'appliquait aussi aux femmes.

Entre deux baisers, elle parvint à lui demander :

— Qu'est-ce qu'on fait là ?

— À ton avis ? répondit-il.

Ce n'était pas ce qu'il y avait de plus révélateur.

— À mon avis, on est juste en train de s'embrasser – elle lui mordilla et aspira les lèvres – mais la dernière fois on était sur le point de le faire – elle tira sur sa lèvre inférieure – et tu es parti.

S'il lui faisait encore le coup, elle risquait d'en mourir.

— J'en ai marre de lutter. Je n'irai nulle part, pas cette fois-ci. Plus jamais.

Qu'est-ce que c'était censé vouloir dire ?

Mais elle lui demanderait une explication plus tard. Il accentua leur étreinte, sa bouche réclamant la sienne avec ardeur, une avidité presque possessive qu'elle éprouvait aussi depuis un moment.

Alors pourquoi avait-elle l'impression que c'était différent ? Pourquoi avait-elle l'impression d'être au bord d'un précipice vertigineux ?

L'intensité de l'instant présent lui faisait peur. L'idée que cela puisse les mener vers quelque chose de plus sérieux la terrorisait. Était-elle prête à ça ? Prête pour Jeoff et tout ce qu'il lui avait promis ?

Après toutes les allusions et taquineries qu'ils s'étaient faites, elle n'avait jamais vraiment imaginé que cela puisse avoir lieu un jour. Elle l'avait espéré mais n'avait jamais osé se projeter au-delà du fantasme.

Que va-t-il se passer une fois qu'on aura couché

ensemble ? Jeoff ne lui résistait plus. Au contraire, il la séduisait, mais il lui avait clairement fait part de ses intentions. Il voulait une relation sérieuse. La question c'était de savoir si elle aussi l'envisageait. Peut-être qu'elle parviendrait à le convaincre de partir sur quelque chose d'assez occasionnel et léger ? Est-ce que cela lui suffirait ou bien attendrait-il plus de sa part, quelque chose de plus profond ?

Qu'est-ce que moi j'attends de lui ?

Est-ce que l'éternité c'était trop demander ?

Une chose que l'on appelle le doute, quelque chose qu'elle n'expérimentait pas souvent, lui souffla de s'écarter, de mettre de la distance entre eux. De prendre quelques bouffées d'air et de se vider la tête.

Ha. Non. Hors de question qu'elle s'éloigne de ses lèvres qui étaient plaquées contre les siennes. Comment pouvait-elle résister à ces caresses et ces petites morsures, à cette exploration sensuelle de sa bouche ? La réponse était qu'elle ne le pouvait pas. Ou ne le voulait pas. Mais il sentit qu'elle se dérobait et il stoppa leur étreinte, assez longtemps pour lui demander :

— Est-ce que ça va ? Tu veux que j'arrête ?

— Tu le ferais ?

— Si tu me le demandais, oui.

Parce qu'il la respectait. Merde.

— Je t'interdis de t'arrêter.

Elle n'avait jamais autant désiré un homme.

— Sinon quoi ? la taquina-t-il, son souffle effleurant ses lèvres.

Elle enroula ses bras autour de son cou et l'attira plus près, écrasant sa bouche sur la sienne. Jeoff gémit, un ronronnement de plaisir qu'elle absorba, les lèvres entrouvertes, ce qui permit à sa langue de se frayer un chemin. L'intimité de ce baiser avec la langue la fit frissonner et cette saveur qu'avait Jeoff la rendait folle. Elle enfonça ses doigts dans son dos en s'accrochant à lui. Ces vêtements agaçants séparaient leurs peaux. Quelle horreur. Comme c'était contrariant !

Elle traîna ses lèvres plus loin et mordilla les contours parfaitement rasés de sa mâchoire. Apparemment, il avait trouvé le temps aujourd'hui de se servir d'un rasoir. Dommage, le frottement de ses poils contre sa peau ne l'aurait pas dérangée. Ses lèvres continuèrent d'avancer et il pencha la tête en arrière, lui offrant sa gorge avec confiance.

Elle laissa sa langue se promener contre le pouls rapide qui battait dans son cou. Elle pressa ses lèvres contre sa peau, la prédatrice en elle se réjouissait qu'il n'ait pas essayé de la plier à sa volonté. À ce moment-là, il lui appartenait.

On devrait le marquer. Maintenant.

Son cou lisse serait tellement beau avec des traces de dents. Les siennes.

Cette suggestion la fit haleter et reculer. Il fallait qu'elle prenne ses distances avant qu'elle ne fasse quelque chose qu'elle regretterait. Cependant, lui n'était pas conscient des terribles pensées qui lui traversaient l'esprit et il ne percevait pas cette bataille mentale qui faisait rage dans sa tête. Il la ramena à nouveau vers lui pour un baiser torride, faisant fondre sa réticence. Et cette réticence était stupide.

Elle en avait envie. Elle devait juste s'assurer de ne pas le mordre.

J'aurais dû apporter une muselière.

Comme il la tenait en l'air, elle pouvait facilement le tripoter, lui en revanche ne pouvait pas laisser ses mains explorer son corps. Ce qui expliquait peut-être pourquoi il s'effondra soudain sur le toit, repliant ses jambes pour qu'elle s'asseye sur ses genoux, le chevauchant toujours.

Elle ouvrit sa veste pour que ses doigts puissent se déplacer librement vers le haut, se promenant à travers ses fines mèches de cheveux. Lui promena ses mains de façon moins subtile, palpant et pressant ses fesses contre lui. Il la serra contre lui, leur position étant très intime. Comme sa jupe remontait jusqu'à ses hanches, il ne restait plus que sa minuscule culotte pour faire barrière entre lui et son sexe et le tissu était complètement trempé. Il put également ressentir cette humidité, alors que son jean, en denim épais et impénétrable, en absorbait une partie. Pouvait-il ressentir cette chaleur qui émanait d'elle ?

Il pressa à nouveau son cul et elle ne put s'empêcher de lâcher :

— Ce ne sont pas des oranges. Pas besoin de les évaluer comme ça.

— C'est pas vraiment une évaluation mais plutôt de l'admiration. Tu réalises depuis quand j'ai envie de toucher tes fesses ?

Une vague de plaisir et de chaleur la traversa face à cet aveu.

— Si tu trouves qu'elles sont belles, attends que je te prenne entre mes cuisses et que je les serre.

Oups, trop tard. Elle se demanda si elle allait l'effrayer avec son impudence.

Il laissa échapper un petit rire contre ses lèvres.

— J'ai hâte de voir ça.

Elle répondit en haletant lorsqu'il dirigea ses lèvres vers son lobe d'oreille. Il mordilla le bout et elle lâcha un gémissement de plaisir. Il avait trouvé son point faible. Et il l'exploita totalement.

Alors qu'il torturait son oreille, elle se pressa un peu plus contre lui, le bout de ses tétons frottant contre le tissu qui les recouvrait. Elle brûlait de désir. Elle avait tellement envie qu'il les touche.

Se penchant en arrière, elle déboutonna sa chemise et l'enleva, se retrouvant assise sur lui, ne portant qu'une jupe, un soutien-gorge et une culotte. Même sans la cheminée qui chauffait dans son dos, elle n'aurait pas eu froid avec le regard qu'il lui lançait.

Il la dévorait des yeux, son regard ardent lui brûlant presque la peau. Il glissa la main du haut de ses fesses jusqu'à ses côtes, s'arrêtant au niveau de son soutien-gorge. Ce n'était pas la première fois qu'un homme la touchait, pourtant, Luna ne put s'empêcher de trembler face à sa caresse. Ses mains qui l'exploraient glissèrent dans son dos. De ses doigts habiles, il défit son soutien-gorge et l'enleva, libérant ses seins.

Elle se pencha en avant et se lécha les lèvres, comme une invitation. Un léger sourire lui étira les lèvres, mais ses yeux ne lâchaient pas le trophée du regard. Il prit ses seins dans ses mains, ceux-ci remplissant parfaitement ses paumes. Son pouce effleura la pointe de son mamelon et le téton déjà dur se tendit encore plus. Quand il le pinça entre ses doigts, elle gémit. Quand il tira sur ses tétons, elle sentit une décharge de plaisir entre ses cuisses.

— Tu es tellement sublime, putain, grogna-t-il presque.

Il n'aurait même pas dû s'en donner la peine. Elle

pouvait lire le culte qu'il lui vouait dans son regard, mais il voulait faire bien plus que la regarder. Il voulait lui rendre hommage avec sa bouche. Quand il plongea la tête vers l'avant, elle cambra le dos pour lui présenter ses seins. Jeoff prit ce qu'elle lui offrait, ses lèvres s'accrochant à un mamelon saillant, l'aspirant avec sa chaleur et sa bouche humide. Mais son autre téton dur ne se languissait pas de son côté puisque ses doigts jouaient avec, la titillant, l'entraînant vers des sommets très agréables. Elle ne put s'empêcher d'émettre des soupirs de plaisir et il semblait apprécier ses encouragements sonores à mesure qu'il devenait de plus en plus audacieux avec ses caresses.

Quand il enfouit son visage dans son décolleté, elle le serra fort contre elle, mais au fond, elle aurait souhaité qu'il vienne l'enfouir ailleurs. Humm. Rien qu'en y pensant, elle se libéra de son étreinte et se releva.

— Qu'est-ce que tu...

Elle étouffa sa question en passant sa main dans ses cheveux et en l'attirant vers le V de ses cuisses. Il comprit son geste et se mit à genoux, prêt à la vénérer. Sa jupe resta relevée par-dessus ses cuisses, exposant ainsi sa culotte trempée d'excitation. Il enroula les doigts autour du tissu et la fit descendre le long de ses jambes, mais il la laissa attachée au niveau de ses chevilles et de ses bottes. Il enfonça ses doigts dans la peau de ses cuisses, les maintenant écartées, l'exposant à lui. Il la caressa du bout du nez, frottant son visage contre son sexe, la titillant avec son souffle chaud.

Il parvint à caler sa langue entre ses cuisses, le bout lisse touchant ses lèvres inférieures.

— Oui, ronronna-t-elle presque, encore et encore alors qu'il la lapait, les caresses de sa langue étant insistantes.

Elle trembla, prête à recevoir plus.

Plus, c'est-à-dire lui qui s'enfonçait en elle. Maintenant. Elle ne voulait plus attendre.

Elle le repoussa et il grogna :

— Je n'ai pas terminé.

— Non, effectivement.

Elle parvint à se retourner sans tomber, ses chevilles toujours prisonnières de sa culotte. Elle se pencha en avant et plaqua ses mains contre le garde-fou, consciente qu'elle lui exposait son entre-jambes. Elle l'entendit prendre une grande inspiration. Un petit coup d'œil par-dessus son épaule et une invitation aguicheuse étaient tout ce dont il avait besoin pour prendre ce qu'elle lui offrait.

Il se leva sur le toit, la main sur son pantalon. Il déboutonna ce dernier et le baissa jusqu'à ce qu'il se libère majestueusement, sa bite épaisse frémissant d'un air approbateur.

— Waouh ! Tu avais raison. Tu ne t'évanouis pas quand tu bandes.

— T'es vraiment en train de me taquiner dans un moment pareil ? dit-il en se positionnant derrière elle et en claquant le bout de son sexe contre son cul. Tu te rends bien compte que tu es à ma merci, non ?

— C'est pas trop tôt. Alors tu veux bien arrêter de parler et passer à l'action ?

— Aucun respect, grommela-t-il.

Il continua de frapper son membre dur contre ses fesses, tout en la caressant entre les cuisses, le bout de ses doigts glissant le long de son sexe. Au moment où elle crut qu'elle allait hurler s'il ne faisait rien, il enroula un bras autour de sa taille et la hissa un peu plus haut. Ce n'est qu'ensuite qu'il appuya le bout de sa bite contre sa fente mouillée. En sentant son épaisseur, elle ne put s'empêcher de frissonner, un tremblement la parcourut et son sexe se contracta, ne lui facilitant pas le passage alors qu'il essayait de la pénétrer.

— Ça ne va pas rentrer, ne put-elle s'empêcher de dire avec incrédulité.

— Si.

Quelle détermination !

Il se remit à genoux, et alors qu'elle était toujours penchée, il pressa sa langue contre elle, fouettant rapidement son sexe, la faisant gémir. Quand il concentra uniquement son attention sur son clitoris et qu'il la pénétra de ses doigts, elle haleta, notamment quand il passa de deux doigts, à trois, puis quatre, écartant tout son sexe.

Elle laissa échapper plusieurs gémissements alors qu'il pénétrait sa chair douce. Cette fois-ci, quand il se releva brusquement et qu'il enfonça le bout de son membre en elle, elle ne se crispa pas et il se fraya un chemin à travers son sexe étroit. Très étroit.

Jeoff l'étira, si délicieusement avec sa bite immense. Ses doigts s'accrochèrent fermement au garde-fou alors qu'elle se balançait d'avant en arrière contre lui. Elle sentait qu'il se retenait, probablement parce qu'il pensait à tort qu'il lui ferait mal. Il apprendrait vite qu'elle supportait très bien quand c'était un peu brusque. À vrai dire, elle aimait bien qu'un amant n'y aille pas trop lentement ni trop doucement. Quel meilleur moyen de lui montrer ce qu'elle aimait que de se balancer contre lui, en s'enfonçant profondément sur sa bite ? Même si elle ne pouvait pas le voir, elle entendit quand Jeoff laissa échapper un hurlement, un son qui n'était pas très discret et surtout surprenant. Tellement satisfaisant. Elle lui faisait perdre le contrôle. Tant mieux, parce qu'il lui faisait le même effet. Alors que Jeoff continuait de s'enfoncer en elle, encore et encore, son épaisseur la pénétrant à une cadence soutenue, lui coupant le souffle, elle ne put que se délecter de cette extase imminente, tout en sachant que les contractions en elle et la tension de toutes ses terminaisons nerveuses finiraient par provoquer l'orgasme le plus incroyable qui soit. S'il lâchait enfin prise.

— Prends-moi, grogna-t-elle.

Coup de reins.

— Prends-moi, mon loup, putain ! Prends-moi fort et vite. Baise-moi et fais de moi ta chienne. Je veux que tu me fasses crier.

Les mots cochons franchirent ses lèvres, sans qu'elle ne parvienne à les retenir. La question était de savoir s'ils le feraient fuir ?

Même pas en rêve. Jeoff laissa échapper un cri de plaisir. Ses doigts s'agrippèrent à elle et la maintinrent parfaitement en place pour ses coups de reins rapides. Il s'enfonçait en elle, un va-et-vient constant qui la faisait vibrer de plaisir. Pour une fois, un homme lui donnait enfin ce qu'elle voulait bon sang. Il pénétra sa chair, atteignant son point sensible à chaque poussée. Sa silhouette se plaqua contre ses fesses, claquant contre la chair.

Elle se balança à son rythme, son corps tellement synchronisé avec le sien que même son esprit, son essence même, semblait s'être étirée pour s'enrouler autour de Jeoff, lui insufflant ses émotions. Elle pouvait sentir sa réaction face à ses soupirs, ce plaisir intense qu'il ressentait en étant en elle.

Cela la fit jouir, et elle serra encore plus fort sa bite déjà bien enveloppée. Le sentir si profondément en elle alors qu'elle jouissait était parfait car elle pouvait vibrer autour. S'y agripper. Elle bascula vers l'extase la plus totale, encore et encore, le premier orgasme la traversant de toute part à chaque fois qu'elle se serrait autour de lui et quand son membre pulsa à son tour, la chaleur de sa semence la remplissant, elle éclata en mille morceaux.

Elle se serait probablement effondrée s'il n'avait pas serré son corps tremblant dans ses bras. Il la tint contre lui, la laissant reprendre ses esprits alors qu'elle s'efforçait de calmer sa respiration haletante. C'était un moment étrangement intime.

Et évidemment, il gâcha tout en prenant la parole.

CHAPITRE QUATORZE

— Est-ce que ça va ?
Cela semblait être une question appropriée étant donné qu'il avait complètement perdu le contrôle. Comment avait-il pu lui faire ça, s'enfonçant dans la douceur de sa chair – pénétrant son sexe avec sa bite, incapable de résister à ce paradis humide – sans se préoccuper d'elle ? Peu importe qu'elle lui ait demandé d'y aller fort. Un gentleman devait, au minimum, s'assurer que son amante était sortie indemne de cette expérience.

Mais là, il s'agissait de Luna, et cette dernière n'aimait pas la courtoisie.

— Est-ce que ça va ? Sérieusement ? dit Luna en se redressant. Évidemment que ça va. Je ne suis pas une putain de fleur fragile, tu sais ! lâcha-t-elle.

À ce moment-là, quelque chose le frappa.

Combien de fois Luna avait-elle lancé des sollicitations ou accusations choquantes ? Est-ce que cette insolence était en fait un moyen pour elle de se protéger ? Elle se retrouvait actuellement en train de vivre quelque chose d'intime, et elle ne savait pas comment réagir. Elle craignait de se laisser aller et d'en profiter. Mais pourquoi ? Pourquoi faisait-elle ça ?

— Je ne comprends pas pourquoi tu t'énerves. J'étais simplement poli, c'est tout.

— Comme tu l'es probablement avec tout le monde, dit Luna en baissant les épaules d'un air déconfit et inhabituel. Tu es probablement gentil avec toutes celles que tu baises. Ça ne veut rien dire.

On aurait presque dit qu'elle se parlait à elle-même.

— De quoi tu parles bon sang ? Je ne suis pas gentil avec toi parce que je dois l'être. Je suis prévenant avec toi parce que tu comptes pour moi. Tu comprends ça, Luna. Tu. Comptes. Pour. Moi.

C'était vrai. Bien plus qu'il ne l'aurait imaginé.

— Si je compte tant que ça pour toi, pourquoi est-ce que tu m'as repoussée alors ?

Il passa nerveusement une main dans ses cheveux.

— Pourquoi ? Je t'ai déjà dit pourquoi. Parce que je savais que le fait de coucher avec toi compliquerait les choses.

— Pourquoi ? Je ne te demande rien.

— Non, et pourtant tu me donnes envie de plus. Et ça me fait peur. Être avec toi c'est comme faire entrer un ouragan dans ma vie.

Elle posa ses mains sur ses hanches et aurait dû avoir l'air ridicule avec ses boucles blondes ébouriffées. Elle se tenait là, les seins nus, sa poitrine se soulevant, avec ses tétons durcis qu'il avait très envie de sucer et sa jupe toujours remontée jusqu'à sa taille, dévoilant son sexe soigneusement épilé.

— Ah donc je suis une force destructrice de la nature ? Waouh, surtout continue de me faire des compliments, hein.

— J'aimerais bien, mais tu m'émasculerais probablement si je le faisais.

— Tu as raison, c'est vrai. Je n'ai pas besoin que tu me dises à quel point je suis géniale. Je sais que je le suis, dit-elle en relevant le menton d'un air têtu.

— Oui, c'est vrai, tu es géniale, acquiesça-t-il.

Pourtant elle lui jeta un regard incendiaire.

— Géniale, mais pas assez bien pour monsieur Prout Prout.

— Oh, chaton, tu es plus que parfaite pour moi.

Il venait d'employer un surnom qu'elle détestait, mais il n'avait pas pu résister, pas quand elle avait l'air si mignonne. Il l'attira près de lui, mais elle n'était pas du tout d'humeur.

— Oh non. Les câlins ne sont pas autorisés. Ne crois pas que je ne vois pas ce que t'es en train de faire.

— En train d'essayer de coucher une seconde fois avec toi ?

Elle secoua la tête.

— Ça ne se reproduira pas. Je t'avais dit qu'il ne suffirait que d'une fois pour qu'on soit débarrassés. Moi, pour ma part, je suis parfaitement rassasiée.

Elle s'étira, de la façon la plus surjouée qui soit.

— Je suis pleinement satisfaite et soulagée maintenant que c'est réglé. Et étant donné que la tension sexuelle entre nous a disparu, on va pouvoir se concentrer sur notre mission.

— Tu te rends bien compte qu'en te tenant à moitié nue comme ça devant moi, je n'en suis pas convaincu.

Il tendit la main et essaya de donner une pichenette sur son téton. Elle l'esquiva, tirant sur sa jupe déchirée.

— Je ne pense pas que nous devrions faire ça.

— Waouh, ça ressemble à quelque chose que j'avais l'habitude de dire.

Il ne put s'empêcher de sourire d'un air moqueur.

L'air renfrogné de Luna le fit encore plus sourire.

— Je pense que tu avais raison. On ferait mieux de garder nos distances, dit-elle.

— Quoi ? Tu me rejettes après avoir profité de mon pauvre corps sans défense ?

Elle ricana, suscitant son incrédulité.

— Wow, attends une seconde. De quel corps sans défense tu parles ? Il n'y a absolument rien chez toi qui aurait besoin de protection.

— Et mon cœur ?

— Ne confonds pas ton cœur avec ton égo. Je pense que tu es juste déçu parce que j'ai raison. Un petit coup rapide et hop, je suis guérie.

Elle avait beau affirmer qu'elle ne le désirait plus, il ne la croyait pas. Il croisa les bras sur sa poitrine.

— Tu mens.

— C'est faux.

— Si.

— En tout cas, tu ne peux pas le prouver.

Elle tourna la tête d'un air têtu, chose à laquelle il s'attendait – et qu'il appréciait.

— Je pense que si. Si je ne t'intéresse plus, alors viens ici et embrasse-moi.

— Non, il n'y aura pas de bisou. Ne te tape pas la honte en me suppliant.

— Je ne te supplie pas.

— Alors, cette conversation est terminée.

Luna saisit sa chemise sur le toit et l'enfila.

— Il est temps de retourner au travail.

— On s'en fout du travail.

Il lui semblait bien plus important de régler ce problème de rejet.

— On a déjà fait les cons assez longtemps comme ça. Regarde, je crois que le club commence à se vider. Il y a plein de voitures qui s'en vont et...

— Je m'en fous. Je veux qu'on règle d'abord ce problème. Toi et moi. Tout de suite.

— Il n'y a pas de toi et moi.

Elle commença à s'éloigner, se dirigeant vers le haut de l'échelle, là où la rampe s'incurvait par-dessus le parapet.

— Oh non, je t'arrête tout de suite.

Il ne lui fallut que quelques longues enjambées pour arriver à sa hauteur. Il l'attrapa par le bras et la fit pivoter pour qu'elle le regarde.

— Pourquoi est-ce que tu ne veux pas discuter et envisager que l'on puisse continuer ce que l'on a commencé en ayant une relation sérieuse ? C'est toi qui n'arrêtais pas de me pousser jusqu'à ce que je cède. Maintenant que je l'ai fait, tu me repousses.

— Une relation sérieuse ? dit-elle en fronçant le nez. Je ne peux pas juste coucher avec toi parce que ça me démange ?

C'était reparti, elle faisait à nouveau exprès d'être grossière pour essayer de prendre de la distance avec lui. Mais il ne la laisserait pas faire.

— Très bien. On n'appellera pas ça une relation sérieuse. Et si c'était juste un plan cul pour le moment ? Vois ça comme un moyen de gagner du temps. J'ai des besoins. Toi aussi. Pourquoi ne pas les satisfaire ensemble ?

Il se servait de sa propre logique contre elle.

— Ça ne marchera pas.

— Pourquoi ?

C'était pathétique, oui, et pourtant il ne put s'empêcher de lui poser la question. Au fond, il savait qu'il ferait mieux de s'en aller. *Je devrais la laisser tranquille.* La laisser nier ce qu'ils auraient pu vivre. Mais s'il s'en allait, raterait-il une occasion de découvrir s'ils auraient pu avoir une belle relation ? Et si Luna était la bonne ? Et s'il ne retrouvait jamais une femme comme elle, qui le faisait se sentir vivant ? Qui lui donnait envie d'elle, d'un avenir, d'une famille, d'un conte de fées, si ardemment ?

Si vous recherchiez le mot têtu dans le dictionnaire, Luna se trouverait juste à côté. Elle se redressa.

— Parce que. Et avant que tu ne continues à me harceler, t'est-il venu à l'esprit que, peut-être je ne suis pas intéressée parce que sexuellement c'était nul ? Peut-être que j'essaie gentiment de te larguer.

S'il avait été un autre homme, il serait peut-être parti en courant, mortifié rien qu'à cette idée. Mais Jeoff était plus malin. Un sourire taquin étira ses lèvres.

— Ce mensonge est si gros que je suis surpris que ton nez ne se soit pas allongé. Tu as adoré ce qui s'est passé entre nous. N'oublie pas, j'ai senti à quel point tu as joui sur ma bite.

À en juger par son souffle coupé et l'accélération soudaine de son rythme cardiaque, elle non plus n'avait pas oublié.

— OK, peut-être que c'était un bon coup...

Il haussa les sourcils.

— Bon, OK, c'était génial, avoua-t-elle, mais je te largue quand même. C'est trop intense pour moi. Je n'ai pas besoin et ne veux pas qu'un homme collant me gâche la vie.

— Collant ? ricana-t-il. Tu te raccroches vraiment à n'importe quoi. Moi je pense que tu as peur de m'aimer et de vouloir rester avec moi par la suite. Je te promets que ce n'est pas aussi terrifiant que ça en a l'air. Si ça peut t'aider, je sais cuisiner et faire le ménage.

— N'essaie pas de me soudoyer. Ce n'est pas juste.

— Me tenter jusqu'à ce que je craque – *mon slip* – n'était pas très juste non plus.

— Oui, bah j'arrête maintenant. C'est mieux qu'on n'aille pas plus loin. Tu travailles en étroite collaboration avec le clan et quand ça ne marchera plus entre nous, tu trouveras ça gênant.

Son pessimisme le préoccupait.

— Pourquoi est-ce que tu pars du principe que ça ne marchera pas ?

— Et pourquoi est-ce que toi tu pars du principe que si ?

Parce que tu es à moi. Une certitude qu'elle ne semblait pas partager.

Elle repartit. Elle abandonnait. Cette lionne, qui d'habitude était prête à se battre jusqu'à son dernier souffle, abandonnait sans même essayer. *Elle se sauve comme une lâche.* Et il décida de le lui faire remarquer.

Un gloussement brisa le silence qui s'était installé entre eux.

Les mains tendues vers lui en mode attaque, elle pivota et lui demanda :

— C'était quoi ce bruit ?

Il gloussa à nouveau et agita les bras en l'air.

Elle plissa ses yeux ambrés.

— Tu me traites de poule mouillée, là ?

Gloussement.

— On peut dire ça oui.

Il gloussa à nouveau.

— Ça ne t'a posé aucun problème de me juger non plus, donc maintenant je te rends la pareille. Dès qu'on parle d'avoir une relation sérieuse, tu fuis comme une lâche.

Il ne chercha pas à arrondir les angles. Sinon, Luna aurait tout de suite compris ce qu'il essayait de faire. Elle aimait qu'on dise la vérité, réelle et sans artifice.

— Pourquoi es-tu si têtu ?

— Peut-être parce que ça fait un moment que je traîne avec une certaine lionne et que ça commence à me plaire.

Apparemment, il préférait traîner avec elle plutôt que de prendre soin de sa santé mentale. Un état psychique sain et stable c'était tellement surfait. C'était le chaos qui faisait que la vie valait la peine d'être vécue.

— Mais qu'est-ce que je vais faire de toi, bon sang ?

Au départ, il comptait lui répondre qu'elle n'avait qu'à *faire l'amour avec lui*, mais le grognement soudain de son loup l'alerta d'un danger. Il cria :

— Attention !

Quelque chose plongea vers eux depuis le ciel sombre, le souffle qu'ils entendirent alors que quelque chose fendait l'air fut leur seul avertissement avant que des mains pleines de griffes ne se tendent vers Luna. Heureusement, ses réflexes rapides se révélèrent utiles.

En entendant son cri d'avertissement, elle se baissa et plongea sur le côté. Juste à temps ! La créature agrippa l'air vide et remonta, agitant ses grandes ailes pour se maintenir en l'air.

— C'est quoi ce truc putain ?! s'énerva Luna.

Elle se tenait à moitié accroupie, les genoux repliés et les mains tendues, les poings en avant, prête à se défendre.

— Je n'en ai aucune idée !

Sous la lumière faible, bien que certains détails soient difficiles à percevoir, il vit une silhouette globale, mais cette silhouette n'avait aucun sens. Ce qu'il vit semblait être un hybride, entre la chauve-souris et l'humain. Comme si la créature n'avait pu se transformer qu'à moitié. Impossible. Les métamorphes étaient soit des bêtes soit des humains. Il n'y avait pas d'entre-deux. Certes, de temps en temps ils pouvaient sortir une griffe ou leurs crocs, parfois un homme pouvait soudainement se faire pousser la barbe, mais ces changements étaient légers et fugaces, généralement provoqués par des émotions fortes. Ce genre de petits changements occasionnels n'étaient rien comparés à cet homme chauve-souris. Moitié chauve-souris, moitié homme.

Cela aurait dû être impossible. Pourtant, les preuves, presque moqueuses, s'envolèrent vers le toit, ses ailes immenses qui semblaient faites de cuir, se rangèrent dans son dos, leurs pointes restant visibles derrière. Même sans ses ailes déployées, avec ses deux pieds géants dans de grosses bottes posées sur le sol, la chose avait une attitude menaçante avec ses épaules larges, un physique imposant et une musculature puissante.

Un homme chauve-souris sous stéroïde. Sympa.

Jeoff croisa le regard de la chose. Dans presque toutes les cultures, chez les humains ou les bêtes, il existait un comportement type. Jeoff l'assimilait au syndrome de « Alors, c'est qui le plus fort ? »

En le fixant du regard, il put pleinement examiner le visage qui se trouvait devant lui, un visage qui se révéla être majoritairement humain, et qui, à la fois, avait un aspect extraterrestre assez effrayant. Une peau grise, comme une ardoise mouillée, le visage criblé de lignes et de spirales qui lui évoquèrent l'aspect complexe d'une empreinte digitale. C'était assez fascinant et il se demanda s'il s'agissait de motifs naturels ou travaillés. Son regard était redoutable. La fente pourpre qu'était sa pupille brillait d'un feu maléfique, telle la lueur rouge d'un phare dans la nuit. Ses cheveux foncés étaient coupés court, ses oreilles décollées étaient pointues au bout. Mais cette créature était loin d'être un elfe.

Si Jeoff avait dû faire une comparaison, il aurait employé le terme démon, et tout le monde savait dans quel camp étaient les démons.

Le choc face à l'apparence de la créature s'estompa, mais cette dernière ne semblait pas disposée à s'enfuir en voyant Jeoff. Une bagarre ? Très bien, ainsi soit-il. Jeoff se mit en mouvement. Il glissa la main à l'intérieur de sa veste, attrapant le revolver qui était toujours dans son étui et n'avait pas été retiré durant cet ébat amoureux frénétique. Il le dégaina, et avec l'expérience qu'il avait acquise au stand de combat, il visa et tira.

Bang ! Résonnant bruyamment, le coup s'avéra inutile, car la balle passa à côté de sa cible. Jeoff remarqua que ce n'était pas parce qu'il avait mal visé, mais plutôt parce que, de manière assez inattendue, l'homme chauve-souris se déplaçait en un éclair. Une seconde plus tôt, il se tenait devant lui et celle d'après il se retrouva au moins à une dizaine de mètres à sa gauche.

Avant même qu'il ne puisse cligner des yeux et ajuster sa position, ce fut à nouveau flou.

Luna cria :

— N'essaie même pas de me toucher mon pote !

Un avertissement que la plupart des gens auraient pris en compte, surtout ceux qui tenaient à la vie.

Mais pas leur agresseur.

L'homme chauve-souris semblait avoir la ferme intention de s'en prendre à Luna. Il s'élança, une fois de plus ses mouvements se brouillèrent rapidement, mais Luna parvint à l'esquiver. Mais ce ne fut pas pour autant qu'elle chercha à s'enfuir. Elle était bien trop têtue et courageuse pour ça.

Le fait qu'elle reste dans les parages empêcha Jeoff de tirer à cause de sa proximité. Il savait viser, mais il ne prendrait pas le risque de la toucher. Il sprinta vers eux, espérant mieux viser cette fois-ci.

Luna cria :

— Je déteste les rats, surtout ceux avec des ailes !

Puis elle plongea vers l'homme chauve-souris, prévoyant sûrement d'enchaîner quelques mouvements d'arts martiaux. Luna était une femme forte, une femme à qui il ne valait mieux pas se frotter – à moins d'être un homme chauve-souris géant extrêmement rapide.

Luna parut aussi surprise que Jeoff quand le machin

chauve-souris se retrouva derrière elle, un bras enroulé autour de sa gorge. Ses doigts griffèrent le bras qui l'étranglait et ses pieds bougèrent dans tous les sens alors qu'elle se débattait. Elle fit de son mieux pour cogner le gars avec ses bottes de cow-boy, mais ses jambes qui étaient plus courtes la désavantageaient. Elle tenta de lui donner un coup de pied en arrière qui, s'il avait été réussi, lui aurait brisé le genou. Malheureusement, elle rata son coup, car l'homme chauve-souris était assez costaud pour la tenir loin de lui.

— Arrête.

L'ordre accompagna la contraction des muscles de son bras autour du cou de Luna.

Jeoff arrêta sa course folle et évalua la situation, c'est-à-dire qu'il observa à nouveau le type et fut frappé par son apparence très humaine malgré sa peau sombre et semblable à du cuir, avec ses ailes immenses qui dépassaient de son dos.

— Lâche-la, ordonna Jeoff.

Il ne perdait rien à essayer de le raisonner.

— Je garde la fille. Baisse ton arme sinon elle meurt.

Bien que graveleuse, sa prononciation était parfaite. Il ne remarqua pas d'intonation gutturale ou animale.

— Et comment puis-je être sûre que tu ne la tueras pas dans tous les cas ?

Il dévoila des dents affreusement acérées en esquissant un sourire sorti tout droit d'un cauchemar.

— Tu ne peux pas. Et je le ferai probablement, dit-il en contractant à nouveau le bras, alors que Luna écarquillait encore plus les yeux. Mais seulement après avoir joué avec elle, précisa-t-il.

L'homme chauve-souris agit aussi rapidement qu'un serpent, sa bouche s'ouvrant en grand et ses longs crocs s'enfonçant dans la chair de l'épaule de Luna, qui était exposée par le col ouvert de sa chemise. La chose se mit à sucer sa peau, laissant échapper de petits grognements. C'était tellement fou et inattendu que Jeoff resta figé. Il hésita à agir, de peur que le monstre ne devienne dingue et ne lui arrache la gorge.

Mais ces gargouillis étranges n'étaient pas mieux. Il remarqua qu'au début, Luna s'était raidi, puis ramolli, battant des cils, comme si elle acceptait cette agression.

C'est ce détail qui le sortit de sa torpeur, car il savait que Luna ne se serait jamais laissé faire. Jeoff hurla en s'élançant vers l'avant, pour finalement regarder avec frustration l'homme chauve-souris s'envoler dans les airs, une Luna toute flasque accrochée à son torse. Il tira, visant les ailes, des ailes qui s'agitaient, ce qui voulait dire qu'il les avait ratées.

La créature laissa échapper un rire moqueur qui accentua sa rage, mais c'est lorsqu'il vit que la chauve-souris s'en allait, avec une Luna à moitié inconsciente, que Jeoff lâcha un hurlement qui résonna. Il lâcha un cri de rage bestial face à son impuissance. À quatre pattes ou non, cela ne changeait rien, il ne pouvait pas poursuivre l'ennemi ailé. Avec ce dernier qui s'envolait dans les airs, il n'avait même pas de piste à suivre.

Cette bête s'enfuit avec ma femme.

Cette prise de conscience l'exaspéra. Comment pouvait-il protéger Luna s'il n'avait aucun moyen de savoir où le monstre l'avait emmenée. Mais il était prêt à parier qu'il connaissait quelqu'un qui le savait. Quelqu'un de la boîte de nuit était probablement impliqué. Il regarda par-dessus le garde-fou, remarquant tout un tas de taxis les uns derrière les autres devant le club alors que les clients s'en allaient, certains étant trop ivres pour conduire. Il repéra également Charlemagne qui se tenait devant, l'air nonchalant. Il n'y crut pas une seconde. Charlemagne n'était peut-être pas celui qui avait kidnappé Luna, mais il savait quelque chose.

Traque-le. Attrape-le par le cou et secoue-le jusqu'à ce qu'il parle.

Ce plan était audacieux et paraissait merveilleux, mais il entraînerait sûrement la mort de Luna. Ce genre de mentalité primitive n'aiderait pas cette dernière.

Ferme-la, boule de poils. Il donna une pichenette mentale à son loup parce qu'il sentait que sa bête enragée voulait repousser les limites qui la maintenaient en cage. Pourtant assez bien élevé d'habitude, son loup bavait presque comme un fou, il perdait la tête et essayait de prendre le contrôle de leur corps.

Il comprenait sa frustration. Luna avait disparu et il allait devoir la retrouver, mais pour cela, il lui fallait un lieu. Jeoff baissa les yeux vers le club. Un club qui semblait impliqué dans absolument tout.

Mon instinct me dit que Charlemagne est au courant de ce qu'il se passe et qu'il va cracher le morceau, bon sang. Mais il allait probablement avoir besoin d'aide, surtout maintenant que le type en question était retourné à l'intérieur, se protégeant derrière les murs et probablement une équipe de sécurité.

Malgré son loup qui grognait et exigeait qu'il parte à la

poursuite de Charlemagne, il fit ce qu'il fallait en appelant d'abord Arik.

— Qu'est-ce qui s'est passé ? demanda immédiatement Arik.

Jeoff et son loup baissèrent tous deux la tête d'un air penaud alors qu'ils reconnaissaient leur échec. Cette nuit, il n'y eut pas de rugissement de la part du chef du clan, mais juste une promesse froide et silencieuse.

— Ce soir, nous partons à la chasse.

Les lions ne dormiraient pas cette nuit, pas avant que Luna et son ravisseur ne soient retrouvés. Faire preuve de patience après ce coup de téléphone s'avéra difficile. Jeoff qui était d'habitude méticuleux avait envie de se précipiter dans la boîte et de secouer les gens pour obtenir des réponses. Son côté rationnel n'arrêtait pas de lui rappeler qu'il était en sous-effectif.

Ceux qui gardaient les coins du bâtiment et l'entrée principale du club le repérèrent. Mais ce n'était pas comme s'il essayait de se cacher. Jeoff se positionna pile en face du club, s'adossant contre les volets fermés de l'entrepôt, fixant la porte du regard. Au fond, il espérait que Charlemagne sorte du bâtiment. Même si plusieurs humains le firent, la plupart protestant car on écourtait leur activité nocturne, il ne vit aucune trace de l'homme qu'il cherchait. Parmi les clients qui avaient été expulsés de la boîte, certains décidèrent de s'attarder, la fumée de leurs cigarettes imprégnant l'air et masquant leur odeur. Est-ce que le kidnappeur de Luna se trouvait parmi eux ? Était-ce déjà trop tard ?

Pourquoi attendons-nous ? Un loup pouvait faire preuve de patience quand il fallait traquer, mais dans le cas présent, il avait envie d'agir, de faire quelque chose. N'importe quoi.

Il ne pouvait pas se conduire de manière irréfléchie – même s'il désirait ardemment se débarrasser de ces chaînes qui lui imposaient de se comporter de manière civilisée. Il ne pouvait qu'attendre les renforts – plus on est de fous plus on rit – pour avoir plus de chance de sauver Luna.

Heureusement pour lui, Luna avait beaucoup d'amis. Un cortège de voitures se gara, une brigade de véhicules haut de gamme à l'allure sérieuse déposa une armée majoritairement blonde. De tailles et de carrures différentes, la légion de fauves occupa le trottoir avec quelques têtes brunes et rousses occasionnelles qui apportaient un peu de couleur.

Alors qu'Arik, agitant sa crinière blonde, sortait d'un très beau 4x4, Jeoff se redressa, s'éloignant du mur contre lequel il était appuyé. Le chef vaniteux du clan avait laissé pousser ses cheveux depuis l'incident avec la coiffeuse – qui était désormais sa femme. D'après les rumeurs elle était enceinte et pourrait accoucher d'un futur héritier, mais les lionnes étaient souvent convaincues que toutes celles qui prenaient quelques kilos étaient forcément enceintes.

Hayder et Leo, le bêta et l'oméga du clan se joignirent également à Arik pour soutenir l'un des leurs. Les autres véhicules transportaient principalement des lionnes, les véritables chasseuses du clan faisant preuve d'une force féroce quand elles étaient en colère. Jeoff en reconnut plus d'une, notamment Reba avec sa peau sombre et Stacey avec ses cheveux roux. Il pouvait presque garantir qu'elles étaient venues parce qu'elles le voulaient. Pas besoin de donner des ordres à cette bande pour qu'elles fassent leur travail. Les lions étaient très loyaux, surtout dans ce clan, les liens qui les unissaient sous la direction d'Arik étaient très forts, du moins c'était ce qu'avait entendu dire Jeoff.

Mais ce n'étaient pas seulement la loyauté et l'amitié qui les incitaient à apporter leur aide. Une pointe de violence flottait dans l'air, le genre de violence qui appâtait les demoiselles du clan. Elles adoraient les bonnes bagarres en boîtes.

Alors que les filles du clan réquisitionnaient le trottoir, ceux qui traînaient devant le bâtiment, fumant une cigarette, s'enfuirent. Bien vu, ces gens-là étaient intelligents. Personne n'avait envie de se mettre en travers du chemin de cette vague de têtes blondes.

Jeoff traversa la rue pour saluer Arik et son entourage.

— Tu as vu quelque chose ? demanda Arik en jetant un coup d'œil en direction de la boîte.

— Non, rien.

— Est-ce qu'on est sûrs que Charlemagne est là-dedans ?

— Non.

Jeoff n'avait pu surveiller qu'une seule porte à la fois.

— Mais tu es convaincu qu'il sait qui a kidnappé Luna ?
— Oui.

Appelez ça l'instinct, ou son dernier espoir. Charlemagne était le seul élément qui pouvait lui permettre d'obtenir des indices et de savoir où se trouvait Luna.

— Ça me va, dit Arik en s'avançant vers la porte d'entrée, mais les deux videurs qui la gardaient fermée s'approchèrent pour faire barrière.

Le plus costaud des deux lui bloqua le passage.

— Nous ne laissons plus entrer de clients pour ce soir.

Arik haussa ses sourcils dorés.

— Vous me refusez l'entrée là ?

Ils croisèrent leurs bras sur la poitrine en guise de réponse.

Jeoff faillit rigoler, car il savait ce qui allait se passer ensuite. Arik agita ses doigts et avec une grâce que seuls les félins pouvaient incarner, les lionnes s'avancèrent en se pavanant.

— Comme je ne prendrai pas la peine de m'occuper de ces sous-fifres, car je ne m'abaisse pas à ça..., commença Arik. Mesdemoiselles, vous voulez bien ?

Avant même que les types qui bloquaient le passage ne puissent réagir, tout un commando de lionnes se jeta sur eux. Les pauvres gars.

Jeoff et Arik observèrent la bagarre pendant un moment.

— Ils sont plus rapides que des humains. Aussi rapides que des métamorphes, observa Arik lorsque l'un des videurs parvint à frapper Reba – ce qui ne fit qu'enrager cette dernière.

— Et inodores.

— Étrange. Je me demande si cela fait partie de leur système de camouflage, dit Arik en réfléchissant à voix haute.

— Ça n'explique pas cette histoire de morsure.

Jeoff n'arrivait pas à se le sortir de la tête.

— Ce sont peut-être des vampires, intervint Hayder. Ils aiment sucer les cous, non ?

Ils grimacèrent tous quand Stacey donna un coup de genou dans les couilles au plus petit videur.

— Les vampires n'existent pas, murmura Leo.

— Les hommes chauves-souris non plus, rétorqua Jeoff.

Reba frappa le plus costaud au visage et alors qu'il reculait en trébuchant, Joan tendit le pied et lui fit un croche-patte. Quelques minutes plus tard, la voie était dégagée.

— On y va ?

En tant que chef du clan, Arik ne pouvait pas ouvrir la marche et pénétrer le club, non pas parce qu'il avait peur pour sa sécurité, car ils savaient tous qu'Arik pouvait se défendre tout seul, mais parce qu'en envoyant d'abord ses soldats il faisait passer un message : *Je suis quelqu'un d'important*. Comme Arik l'avait un jour expliqué à Jeoff, parfois, ce n'était pas la force réelle qui comptait, mais plutôt de donner l'impression qu'on en avait qui était plus important.

La voie étant libre, les lionnes se poussèrent et se bousculèrent pour entrer en premier, déterminées à affronter tout danger qui les attendait. La déception se lut sur leurs visages lorsqu'elles entrèrent dans la première pièce.

Le vestibule externe vibrait au son de la musique que la boîte de nuit continuait de diffuser, la musique étant entraînante avec les basses. Mais cette fois-ci, le tempo n'eut aucun effet sur Jeoff. Comme s'il allait danser alors que Luna était en danger.

Le clan franchit les portes suivantes et contourna le vestiaire pour entrer dans le club. Ils se dispersèrent sur la piste de danse, réquisitionnant la salle et encerclant les quelques humains restants. Il y avait trop de témoins pour ce qui risquait de se passer ensuite. Les humains devaient s'en aller et pour cela, ils devaient utiliser une méthode qui ne laisserait pas de trace.

Pour faciliter le processus, Stacey prit le contrôle de la cabine de DJ. La musique s'arrêta soudain. Un silence s'installa et les gens se mirent à demander :

— Qu'est-ce qui s'est passé ? Pourquoi la musique s'est arrêtée ?

Micro en main, Stacey fit un signe de la main à la foule derrière la vitre de la cabine et leur dit d'une voix rauque :

— Désolée, les gars. Nous sommes l'Inspection sanitaire et nous faisons un contrôle de routine. Nous vous prions de prendre vos affaires et de partir dans le calme.

Cela aurait pu fonctionner si un petit malin n'avait pas hurlé :

— C'est un raid policier !

La horde de lions observa d'un air dédaigneux tous les humains qui se précipitèrent ensuite vers la sortie. Apparemment, ils étaient plus d'un à avoir peur de se faire attraper pendant le raid. Quant à Jeoff, il ne comprendrait jamais la popularité des drogues psychotropes.

Tu bois de la bière.

Ça n'avait rien à voir. Et ouais, ça ne le dérangeait pas d'être hypocrite.

Les singeries de ces humains en fuite ne le concernaient pas. Il remarqua cependant que certains métamorphes qui ne faisaient pas partie du clan et qui étaient déjà dans la boîte avant leur arrivée restèrent dans les parages. Apparemment, ils voulaient être témoins de ce qu'il se passerait ensuite.

Et ce qu'il se passa ensuite, ce fut que le club entier se vida, et seuls ceux qui pouvaient se transformer en animaux avec de la fourrure restèrent. Ils ne virent ni ne sentirent aucun employé. Jeoff n'aimait pas ça. Où étaient-ils partis ? Ils n'avaient quand même pas fui comme des lâches, non ?

Arik posa les mains sur ses hanches et beugla :

— Gaston Charlemagne, tu es convoqué par le roi de cette ville. Montre-toi !

En termes d'annonces pompeuses, Arik était très doué et savait parfaitement se montrer arrogant.

Mais il ne reçut aucune réponse.

— Tu es sûr qu'il est toujours là ? demanda Arik en fronçant les sourcils.

— Oui.

Jeoff le sentait dans ses tripes.

— Apparemment, ça lui pose problème de devoir discuter avec ce qu'il appelle des « animaux ».

— Qui est un animal ? demanda Leo.

— Toi tu en es un au lit, apparemment. Ta femme n'hésite pas à nous donner quelques détails.

Hayder imita un couinement en faisant un clin d'œil et en bougeant d'avant en arrière. Malgré l'ouverture d'esprit de Meena, Leo lui ne put s'empêcher de rougir.

— Ne crois pas un mot de ce qu'elle te dit.

— On s'en fout que Leo soit bon au lit, non ? On ferait mieux de se disperser pour trouver Charlemagne, s'énerva Reba.

— Comment sommes-nous censés le trouver s'il n'a pas d'odeur ? demanda Hayder.

— Retournez les lieux. S'il est là, nous le trouverons.

Apparemment, la menace de destruction suffit à attirer l'attention.

— Pourriez-vous éviter de demander à vos félins de

démolir mon établissement ? J'ai déjà perdu beaucoup d'argent à cause de vos bêtises ce soir.

Face aux propos qu'ils entendirent non loin d'eux, plusieurs lions grognèrent, leurs bêtes intérieures voulant prendre le dessus et montrer les crocs. Arik et son cercle proche furent les seuls à ne pas être affectés – ou en tout cas ils le cachaient bien. Les félins étaient les rois de la nonchalance.

Jeoff ne réagit pas beaucoup non plus étant donné qu'il s'attendait un peu à une entrée remarquée. Mais quand même, comment ce type avait-il pu se retrouver au milieu sans que personne ne le remarque ? Et comment se faisait-il qu'il ait les couilles de faire ça ? Seuls ceux qui étaient suicidaires osaient se retrouver entre plusieurs lions agités.

— J'imagine que tu es Charlemagne, dit Arik en le regardant de la tête aux pieds. Joli costume.

Effectivement, la tenue décontractée qu'il portait ce matin avait disparu. Charlemagne arborait désormais un costume ajusté qui lui donnait une certaine élégance et les mettait tous dans l'embarras.

— Je ne pense pas que vous soyez venus ici pour parler de mes tenues parfaitement coupées. Exposez votre problème et partez, dit-il avec un léger accent, l'air très confiant.

Cela fonctionnait peut-être avec d'autres personnes, mais désormais, il avait affaire à des lions. L'arrogance était le deuxième prénom d'Arik. Le roi lion rôda autour de Charlemagne, qui, pour sa défense, ne se raidit pas ni ne se retourna, même quand le prédateur marcha derrière lui.

De retour devant lui, Arik s'arrêta.

— Jeoff me dit que tu connais notre espèce.

— Oui, je sais tout de votre règne animal et je ne m'en soucie pas particulièrement. Les affaires des animaux ne me concernent pas.

— Et c'était peut-être une attitude acceptable de là d'où tu viens, mais ici – Arik sourit, d'un sourire froid de prédateur – nous avons des règles. Mes règles.

— Qu'est-ce que j'en ai à faire de vos règles moi ?

— Tu devrais t'en soucier parce que cette ville est à moi. Elle m'appartient, ce qui veut dire que tu dois m'obéir. Et l'une des règles stipule que si tu n'es pas humain, tu dois me rendre des comptes.

— Qu'est-ce qui vous fait croire que je ne suis pas humain ?

Ils ricanèrent tous d'un air perplexe, Arik encore plus fort qu'eux.

— Ne joue pas à ce petit jeu avec moi. Je sais que tu n'es pas humain.

— Peut-être pas, et pourtant, je peux vous assurer que je ne partage pas mon esprit avec une créature primitive.

— Est-ce que tu es train de prétendre n'avoir aucun lien avec l'homme chauve-souris ? insista Jeoff.

— L'homme chauve-souris ?

Charlemagne laissa échapper un rire gras et velouté, chatouillant les sens. Plus d'une personne s'agita face à ce son.

— J'aime bien cette expression, je l'utiliserais peut-être. Et pour répondre à votre question, je ne suis pas un whampyr.

— Un wham quoi ? demanda Hayder.

— Whampyr. C'est ainsi que l'on nomme les serviteurs qui ont certaines aptitudes.

— Serviteurs de qui ?

Le sourire suffisant de Charlemagne aurait pu rivaliser avec celui d'Arik.

Il agaça surtout Jeoff.

— De lui, évidemment. Mais le plus important, c'est que s'il sait ce qu'ils sont, ça veut dire qu'il sait qui a kidnappé Luna, dit Jeoff.

— Un whampyr a enlevé la femelle que j'ai rencontrée ce matin ?

Charlemagne changea d'expression, passant de la moquerie au sérieux.

— Quand et où ?

— Juste de l'autre côté de la rue, sur le toit où nous étions planqués pour monter la garde.

— Enlevée à la vue de tous ? C'est inacceptable.

Charlemagne pivota et claqua des doigts. Une grosse brute descendit du plafond, se servant de ses grandes ailes grises pour freiner sa chute. Apparemment, Jeoff n'était pas le seul à ne pas avoir remarqué qu'il se tenait là, juste au-dessus de leurs têtes. Plusieurs lionnes s'accroupirent et grondèrent avec mécontentement.

— Mon seigneur a-t-il des ordres ? demanda la créature.

— On fait l'appel. Maintenant. Je veux savoir qui il manque.

Des sifflements et grognements rauques retentirent dans la salle face à une menace imminente alors que des silhouettes vêtues de noir avec le logo du club sur la poitrine sortirent de l'ombre. Inodores et silencieuses, plus d'une douzaine au total, et avec Charlemagne, elles étaient treize.

Sur les douze, seulement trois avaient la forme d'une

chauve-souris – le capitaine des whamps et deux autres, mais aucun ne ressemblait au type que Jeoff avait vu sur le toit.

— Est-ce que l'un de vos employés est absent ? demanda Arik à Charlemagne alors que Jeoff examinait les expressions sur les visages des humains. Pouvaient-ils tous se transformer en chauves-souris géantes ? Et n'étaient-ils effectivement pas des métamorphes comme l'affirmait Charlemagne ?

— Tous mes serviteurs répondent à l'appel. Peut-être que votre chien domestique se trompe.

— Je sais ce que j'ai vu, dit Jeoff en s'avançant. À moins qu'il n'y ait d'autres chauves-souris qui tournent autour de la ville, quelqu'un ici présent est coupable.

— Si ce que vous avancez est vrai, alors l'un de mes serviteurs commet la plus ignoble des insubordinations, dit Charlemagne en fixant son peuple du regard.

— Ce n'est pas de l'insubordination que de vouloir se nourrir.

Le type discret releva soudain la tête, cessant d'adopter une posture servile et ses yeux se mirent à briller. La ressemblance était faible, son visage humain paraissait plus étroit et son nez était plus aquilin, mais en l'entendant parler, son intonation et ses paroles ne laissèrent aucun doute.

Le visage du propriétaire du club devint froid et dur.

— Nous ne nous nourrissons pas des animaux.

— Trop tard. Nous y avons déjà goûté, dit le type en se léchant les lèvres. Ils étaient délicieux. Et vous, le maître qui croyez tout savoir, vous n'en avez jamais eu aucune idée. Nous avons enlevé les animaux sous votre nez, dans ce club même.

Face à cet aveu, plusieurs lionnes grognèrent et s'avancèrent. Arik leva la main et elles s'arrêtèrent, mais on pouvait lire dans leurs yeux qu'elles comptaient bien se venger.

— C'est toi qui as vidé leurs maisons et tout nettoyé derrière ton passage ? demanda Arik.

L'homme qui se confessait recourba les lèvres et laissa échapper un ricanement.

— Mes amis et moi avons appris comment effacer nos traces. Ce n'est pas la première ville par laquelle nous sommes passés, mais c'est la première fois que nous chassons ceux de votre espèce. Et ce n'est pas la dernière.

Jeoff se retint de plonger sur le type et de lui trancher la gorge. Ce fut seulement parce qu'il était conscient que sa mort provoquerait celle de Luna qu'il ne sortit pas les griffes.

Patience, mon loup.

Charlemagne semblait très en colère que ses serviteurs aient agi sans sa permission.

— La trahison contre ton maître entraîne une condamnation à mort.

— Ce que nous avons fait n'est pas une trahison mais un renversement de pouvoir. Nous en avons assez de vos règles. Il est temps que nous régnions et commandions les êtres faibles sur Terre, comme nous étions censés le faire depuis le départ.

— Nous ? Quel « nous » ? ricana Charlemagne. Je vois que le sang que vous avez absorbé vous a rendus fous, car vous semblez oublier que c'est moi qui vous ai créés. Je peux aussi très bien vous faire disparaître.

— Pas si on te tue d'abord. Tuez-le ! cria ce salaud.

Et c'est là que l'enfer se déchaîna. Notamment parce que les lionnes savaient reconnaître un défi quand on leur en lançait un. Les vêtements noirs se déchirèrent alors que les silhouettes se transformaient en chauves-souris géantes. Apparemment, la plupart des serviteurs de Charlemagne faisaient partie de cette rébellion. Ils sifflèrent, montrant des crocs longs et menaçants avant de plonger sur Charlemagne qui, en un clin d'œil, disparut. Mais les whamps trouvèrent des adversaires, prêts à se battre.

Les lionnes se jetèrent sur les chauves-souris ailées, la plupart ayant troqué leurs peaux douces contre une fourrure, encore plus douce. Ceux qui faisaient partie de la rébellion se battirent avec une intensité redoutable, face à leur force et leur rapidité incroyable les lionnes durent user de leurs meilleures compétences. Un duo de whamps semblait avoir encerclé Charlemagne qui fronça les sourcils mais ne fit rien pour arrêter le carnage que commettaient ses serviteurs traitres. La suite des événements paraissait certaine, l'armée dorée était plus imposante que celle des whamps, ce qui expliquait peut-être pourquoi l'un d'entre eux tenta de s'échapper, remarqua Jeoff. Celui qu'il fallait garder en vie et dont il avait le plus besoin.

Il courut après le chef de la rébellion, parlant d'un grognement guttural :

— Où est Luna ? Où l'as-tu emmenée ?

— Là où tu ne pourras pas l'atteindre, le chien, répondit-il d'un ton moqueur.

Alors que l'homme chauve-souris pivotait, cherchant

une sortie qui ne provoquerait pas sa mort, Jeoff s'approcha assez près pour plonger vers lui. Mais ce salaud fut trop rapide. La bête prit son envol, s'élevant trop haut pour que Jeoff puisse l'atteindre. Pour la deuxième fois ce jour-là, il dut regarder le monstre le vaincre.

Il s'échappe.

Et il ne pouvait rien y faire. Tout en haut, le monstre brisa une des fenêtres obstruées, s'échappant vers le ciel nocturne. Malgré la rapidité avec laquelle Jeoff se précipita vers l'extérieur, il ne put voir où la chauve-souris s'en était allée. Et il n'était pas plus près de retrouver Luna.

Merde.

CHAPITRE QUINZE

Ça fait mal, putain. Luna avait mal sur le côté de la tête, une douleur qui lui rappelait sa défaite peu glorieuse. Cela suffisait à lui donner envie de se rendormir.

Réveille-toi. Sa lionne la gifla mentalement.

Elle fronça le nez. *Ne fais pas ça. Veux dormir.* Sa léthargie était bien trop irrésistible pour être ignorée.

Lève-toi. Nous sommes en danger. Un cri insistant de sa lionne auquel Luna ne répondit que mollement. Elle ne semblait pas vouloir s'en soucier. Ce n'était peut-être pas le soleil qui l'incitait à faire une sieste mais il y avait clairement quelque chose qui la poussait à fermer les yeux et à se détendre.

On ne peut pas se détendre. Il va revenir.

Qui ça, il ? Jeoff ? Ça ne la dérangerait pas qu'il vienne se blottir contre elle. Elle était même prête à partager son petit coin de soleil avec lui. Surtout si ça le poussait à se mettre à poil.

Jeoff nu était tellement agréable à regarder. Et encore plus agréable à toucher.

Sérieusement ? Sa féline semblait très agacée par ses pensées tendres envers Jeoff. Elle n'arrêtait pas de hurler qu'elles étaient en danger.

Tu sais quoi ? Tu n'as qu'à t'en charger. Pendant qu'elle se laissait flotter sur ces vagues de paresses. *Argh.* Sa lionne éprouvait du dégoût et du soulagement à la fois. Apparemment, si Luna n'était pas d'humeur à prendre les commandes, sa lionne, elle, l'était. Sans plus tarder, son côté animal se propulsa à travers la faible carapace humaine jusqu'à ce que ses membres se libèrent des vêtements stupides qui les retenaient et que des pattes glissent hors des bottes.

Secouant sa tête de fauve, la lionne se mit à quatre pattes et regarda autour d'elle. La douleur de la transformation avait été une gifle efficace car elle remarqua que, dans son esprit, son être charnel luttait pour se libérer des chaînes léthargiques qui la retenaient et prêta plus attention à ce qu'il se passait.

Attends une seconde. Où est-ce qu'on est ?

Dans un endroit horrible. La lionne ne put s'empêcher de renifler. Le terme horrible piquait sa curiosité. Qu'est-ce qui était passé par-là ?

Le nez au plancher, elle examina les lieux, remarquant que la pièce était assez grande pour qu'on puisse s'y déplacer, mais pas de beaucoup. La seule source de lumière provenait d'un trou dans le mur qui éclairait faiblement. Comme c'était ce qu'il y avait de plus proche, elle l'étudia en premier et recula en remarquant que le bord de l'ouverture avait été cisaillé. Regardant en bas, elle lâcha un grognement agacé. Trop haut pour sauter et comme elle ne savait pas combien de vies il lui restait en tant que félin, ce n'était probablement pas la meilleure option.

Pivotant, elle attendit que ses yeux s'habituent à l'obscurité.

Les ouvertures recouvertes de bois sur les murs – *ce sont des fenêtres* martela son côté humain – empêchaient de s'échapper. Une porte ouverte menait à une pièce carrelée, pas très large, avec un grand lavabo et une bassine ne contenant que des résidus d'eau croupie.

Cela ne sentait pas bon du tout. Et il n'y avait aucune issue ici, comme il n'y avait aucune issue dans la pièce voisine. Jusqu'à présent, il n'y avait que des pièces qui se moquaient et se réjouissaient car elle était menacée. Cet endroit pensait pouvoir la vaincre. Mais il était hors de question qu'elle admette sa défaite. Il devait forcément y avoir une autre issue. Ce genre d'habitations, même celles qui étaient abandonnées, avaient toujours une entrée.

Retournant dans la première pièce, celle avec le trou béant dans le mur, toujours trop haut pour qu'elle puisse sauter, elle s'arrêta et regarda de droite à gauche, ses yeux filtrant la lumière ambiante et les ombres visibles.

Le coin cuisine ne disposait d'aucune issue. Les armoires étaient ouvertes, leurs portes pendaient de façon tordue ou avaient carrément été arrachées.

Se dirigeant de l'autre côté de la pièce, elle grimaça en entendant un craquement bruyant. Elle s'arrêta, répartissant son poids de manière équilibrée sur ses quatre pattes et évaluant sa position. Il n'y eut pas d'autre craquement, mais elle baissa le museau et renifla. De la pourriture. Trop de pourriture.

Fais attention quand tu marches. Le sol s'avérait

instable, certaines zones étant pourries, les planches s'enfonçaient sous son poids. Ayant déjà tout examiné derrière elle, elle remarqua avec logique qu'il ne restait désormais plus qu'une seule ouverture à explorer. Une dernière chance de trouver une issue qui n'impliquait pas de devoir descendre sur une surface lisse de plusieurs mètres de haut.

Comme pour toutes les autres ouvertures, la barrière qui s'y trouvait – *c'est une porte, tu te souviens qu'on en a déjà parlé durant nos leçons ? Ça s'appelle une porte* – était posée contre le mur d'en face. En pointant le bout de son nez pour regarder, elle vit qu'il y avait encore plus de pourriture et d'ouvertures à explorer. Au-dessus, le plafond s'était partiellement effondré, les débris et ce truc rose qui grattait bloquaient le passage d'un côté. Regardant de l'autre côté, elle remarqua une ouverture sombre d'où s'échappait une puanteur nauséabonde qui colorait presque l'air avec ses miasmes fétides.

Ooh, c'est quoi ce truc ? Même si elle n'aurait pas hésité à aller jeter un coup d'œil, la voix de celle qui était toute molle lui recommanda d'être prudente.

La lionne aurait pu ignorer son avertissement si elle n'avait pas entendu un bruit très léger derrière elle.

Qui ose s'approcher de si près ?

L'instinct de survie contrôlant ses mouvements, elle pivota et se précipita vers la silhouette sombre et costaude qui se tenait là, pour ensuite rater son coup sans réussir à lui arracher le cœur, car ce dernier l'esquiva avec agilité et rapidité.

Reviens ici. Elle n'avait pas fini de jouer.

Apparemment, lui non plus. La chose inodore tendit la

main et lui tordit violemment le bout de la queue, la défiant.

Il a osé toucher ma queue ! La fille molle en elle était absolument furieuse. Un grondement sourd franchit ses lèvres retroussées alors qu'elle se retournait et plissait ses yeux ambrés en direction de *la chose* qui avait osé l'amener ici. Cette *chose* qui osait provoquer une lionne. *Grrr !*

Gardant les yeux rivés sur *la chose,* elle s'élança à nouveau vers elle, mais ne parvint pas à aller jusqu'au bout de sa course, car une partie du sol se brisa en éclats et sa patte s'enfonça sur les échardes pourries. Elle poussa un cri étonné, la douleur fut vive étant donné que son élan vers l'avant avait brutalement été stoppé. Et comme si cela ne suffisait pas, elle se retrouva coincée. Elle tira sur sa patte désormais piégée, pour siffler de douleur quand les bouts de bois s'enfoncèrent un peu plus dans sa peau.

La fille molle en elle caressa sa fourrure ébouriffée. *Laisse-moi t'aider.*

— Oh, le petit chaton serait-il coincé ?

L'homme-souris avec des ailes – *parce que je refuse de l'appeler homme chauve-souris !* – s'avança vers elle. Le monstre portait un jean noir et des baskets mais pas de chemise, ce qui était assez bizarre. Ces vêtements normaux semblaient accentuer encore plus son apparence étrange.

Dit la fille qui peut se transformer en lionne.

En parlant de lion, il valait mieux qu'elle puisse libérer sa patte pour ne pas être trop désavantagée. La métamorphose se fit rapidement et mieux encore, elle y survécut. Elle avait espéré qu'il ne profiterait pas de ce laps de temps, propre aux transformations, pour la tuer.

Bonne nouvelle, sa main se dégagea du trou, bien que

quelques morceaux de bois y étaient incrustés. Mais une fois tous ses membres libérés, elle ne se transforma pas en animal pour autant. Si elle ne pouvait pas le vaincre sous sa forme animale, alors peut-être pourrait-elle être plus maligne que son ennemi. Et un autre truc cool qu'elle faisait mieux sous sa forme humaine : c'était de jeter un regard noir. Et c'est ce qu'elle fit sous ses mèches de cheveux.

Ne donne jamais l'impression d'avoir peur. C'était une règle primordiale.

— Qui es-tu ? Comment suis-je arrivée jusqu'ici ?

Genre, sérieusement, comment avait-elle pu atterrir là ? La dernière chose dont Luna se souvenait, c'était que la souris volante l'avait étranglée et avait essayé de lui faire un suçon. En se remémorant les faits, elle plaqua la main sur son cou. Les contours irréguliers provoqués par une piqûre se détachaient sur sa peau. Ils étaient secs et cicatrisaient, mais la peau était encore visiblement gonflée.

— Tu m'as mordue !

— Je compte faire bien plus que ça, chaton. Je me suis toujours demandé pourquoi le maître nous ordonnait de ne pas toucher à votre espèce. J'ai d'abord cru que c'était parce que vous n'étiez pas très savoureux. Mais désormais, je connais la vérité.

Le type au visage gris posa la main sur son entre-jambes par-dessus son jean et se mit à reluquer Luna.

— C'est parce que vous avez un goût délicieux. Surtout quand vous êtes encore frais.

Il se lécha les lèvres et Luna sut qu'en général une personne normale aurait frissonné, peut-être même grimacé.

Normal. Pff, quel mot surfait.

Luna lui fit un doigt d'honneur.

— Mets-toi-le où je pense. Personne ne mordra ce corps.

Sauf s'il s'appelait Jeoff. Pour lui, elle ferait une exception, s'il voulait toujours bien d'elle. Elle semblait se souvenir qu'elle l'avait largué juste avant de se faire capturer par inadvertance.

J'ai peut-être été un peu hâtive. On pourrait sûrement aller un peu plus loin. Ou au moins coucher encore ensemble.

Bien évidemment, ils ne pourraient coucher ensemble que si elle vivait au-delà des prochaines minutes.

— Ta nature fougueuse est si fascinante. Les autres couples que j'ai piégés avec mes camarades n'avaient pas ce feu qui brûle en toi et l'autre chien.

Sympa de savoir que son caractère lui donnait meilleur goût. Et dire que pendant tout ce temps, les gens croyaient que l'ail les tenait à l'écart.

— Si nous étions si appétissants, pourquoi est-ce que tu t'es dégonflé en ne capturant que moi ? T'as pas de couilles ? Tu ne pouvais pas nous affronter tous les deux ?

— Je ne suis pas un lâche. J'ai choisi de ne pas prendre le loup pour une question de goût. Même si son espèce est agréable à manger, légèrement meilleure que les humains, les loups n'ont clairement pas la même saveur que les félins. Il se trouve que j'aime les chattes.

Il voulait que cela sonne cochon et ce fut le cas.

Complètement dégoûtant. Elle fit une moue de dégoût.

— Si c'est comme ça que tu dragues, c'est pas étonnant que tu aies du mal à trouver des filles qui veuillent bien sortir avec toi. Mais bon, dans tous les cas, tu as kidnappé la mauvaise femme. Tu n'auras rien de tout ça, dit-elle en désignant sa silhouette, ce qui attira son attention.

Parfait, s'il fixait ses nichons du regard, cela voulait dire qu'il ne faisait pas attention à ce qu'elle avait réellement prévu.

— Tu ne peux pas m'empêcher de faire ce que je veux de toi.

— Ça, c'est ce que tu crois. Je ne vois aucune drogue cette fois-ci.

S'il n'y avait pas de seringues, cela voulait dire qu'elle avait une chance de se battre. Mais cette fois-ci, elle ne sous-estimerait ni sa force ni sa rapidité. Il fallait qu'elle se batte contre lui de manière intelligente. *Et ne le laisse pas te mordre.* La perte de contrôle et de motivation n'était pas quelque chose qu'elle avait envie d'expérimenter à nouveau.

Son kidnappeur ricana.

— Je n'aurai pas besoin de drogues pour te maîtriser. Je ne m'en sers que quand je viens enlever deux personnes. Comme ça, c'est plus silencieux. Mais c'est trop de travail. Tous ces allers-retours pour transporter les corps. C'est bien plus simple de n'en voler qu'un seul pour le savourer ensuite. Même si les cris et les supplications vont me manquer. Les femmes n'ont vraiment pas apprécié que je mange leurs compagnons sous leurs yeux, dit-il en dévoilant des dents pointues.

Il dévoila également un égo diabolique qui aimait parler de lui. *Continue comme ça.* Cela permit à Luna d'étudier un peu plus la situation. Certes, le seul vrai choix qui s'imposait à elle se trouvait derrière elle. Mais elle n'était pas certaine que le couloir la conduise vers une éventuelle issue peut-être qu'en empruntant ce dernier elle se retrouverait coincée dans un endroit encore pire.

Cependant, elle ne le découvrirait jamais si elle restait là, à poil. Se penchant en avant, elle attrapa sa chemise par le coin et parvint à provoquer une réaction :

— Qu'est-ce que tu fais ? demanda-t-il d'un ton irrité.

— Je m'habille. Comme tu prends ton temps pour en venir au fait, moi en attendant je prends froid.

Et si elle comptait escalader, il valait mieux qu'une couche épaisse protège sa peau.

La fourrure est ce qu'il y a de mieux. Évidemment, vous ne pourriez jamais convaincre un félin du contraire.

— Mets ça aussi, dit-il en lui jetant sa jupe. Je ne voudrais pas que tu me distraies pendant que nous sommes dans les airs.

— Je ne volerai pas avec toi.

— On s'en va. Même encore maintenant, Charlemagne est probablement en train de nous suivre. Mais il me croit ailleurs. J'ai bien joué mon rôle de serviteur et de saboteur.

— Mais qu'est-ce que tu racontes ? demanda-t-elle, désormais un peu plus confiante maintenant que sa foufoune – comme dirait Jeoff – ne pendouillait plus.

— Arrête de parler et viens ici.

— Désolée, mais j'ai déjà un petit copain, enfin plus ou moins, peut-être.

C'était compliqué.

— Viens là. Tout de suite.

Elle recula et sourit.

— Vas-y, force-moi.

Il fit un pas en avant et son pied traversa immédiatement le plancher, le coinçant.

C'était le moment clé qu'elle avait espéré. Elle se précipita vers le couloir digne d'un film d'horreur, courant vers l'obscurité, identifiant la cage d'ascenseur comme étant une issue.

Derrière elle, son kidnappeur hurlait alors que son dîner s'échappait.

Tu t'enfuis. Pff. Sa lionne exprima son mécontentement.

Boude autant que tu veux. Luna préférait vivre. Les lionnes étaient peut-être folles, mais elles n'étaient pas stupides. Elles savaient bien qu'il ne fallait pas prendre de risques quand la chance n'était pas de leur côté. Il valait mieux prendre des risques en étant avec ses copines.

Et quand elle retrouverait ses potes, elles traqueraient ce bâtard et lui montreraient ce qui arrivait à ceux qui s'en prenaient au clan.

Si elle parvenait à s'enfuir.

CHAPITRE SEIZE

Je n'arrive pas à croire que ce connard se soit échappé.

Suite à cette réflexion, Jeoff retourna à l'intérieur du club, cherchant quelqu'un à blâmer. Malheureusement pour lui, la bataille à l'intérieur semblait s'être terminée, car la plupart des participants étaient allongés sur le sol. Il ne restait plus personne à frapper. Merde. Seuls quelques-uns étaient toujours debout, dont Charlemagne et Arik. Reba et l'un des hommes chauves-souris semblaient également indemnes même s'ils se jetaient des regards noirs. Les corps immobiles le contrarièrent.

— Ils sont tous morts ? ne put-il s'empêcher de demander avec consternation.

Il avait fini par se prendre d'affection pour les femelles du clan – même si elles le rendaient fou – et détesterait les voir partir.

— Ils ne font que dormir, dit Charlemagne en agitant les doigts. Parfois, il est plus intelligent d'éviter une bataille.

Éviter une bataille alors que Jeoff avait besoin de frapper quelque chose ?

— Mais je croyais que vous aviez dit que la trahison était passible de mort.

Pendant un instant, les yeux de Charlemagne devinrent noirs, et par noirs, Jeoff voulait dire entièrement noirs.

— Oh, ils seront punis. N'aie crainte. Il n'y a aucune seconde chance pour les whampyrs qui trahissent leur maître.

— Donc vous punirez ceux-là. Wouhou super. Et celui qui s'est échappé ? Le chef de cette mutinerie est toujours dehors et on ne sait toujours pas où se trouve Luna.

— Elle est probablement enfermée dans son repaire.

— Son repaire ? répéta Arik.

C'était un drôle de mot qui évoquait une grotte sombre et des odeurs de moisi.

— Son repaire. Sa planque. Peu importe le nom que vous voulez lui donner. Les whampyrs sont certes créés pour agir en tant que serviteurs, mais l'une de leurs caractéristiques est de se garder une sorte de repaire, une cachette où ils peuvent se réfugier si le besoin s'en fait ressentir.

— Le besoin de quoi ?

— Vous n'avez pas besoin de le savoir, dit Charlemagne en penchant la tête. Et en attendant, pendant que nous discutons des pratiques des whampyrs, vous lui laissez le temps de changer de lieu. Si nous nous dépêchons, nous devrions pouvoir le trouver.

— Vous savez où se trouve sa planque ?

— En effet. Je suis leur maître, ce n'est pas qu'un intitulé, le loup.

Cependant, dix minutes plus tard, se tenant au pied de l'immeuble condamné, Jeoff se demanda si Charlemagne ne s'était pas foutu de sa gueule. Il n'y avait pas une seule odeur, à l'intérieur et autour de la zone, qui était celle de Luna. Les différentes entrées du bâtiment étaient condamnées et ne présentaient aucun signe d'effraction ou d'entrée.

— Vous êtes sûrs qu'ils sont là ? demanda Jeoff.

Ou bien était-ce une méthode de Charlemagne pour les occuper et permettre à ce monstre de faire du mal à Luna ?

— Quel scepticisme.

— Pouvez-vous vraiment me blâmer ?

— Absolument pas. Vous avez raison de vous méfier. Après tout, c'est dans votre nature. Les animaux savent toujours quand ils ont affaire à un prédateur.

— Je ferais mieux de vous tuer, grogna Jeoff, car Arik devait probablement avoir instauré une loi qui n'autorisait pas ce genre de connard pompeux à vivre.

— Pas de tuerie, grommela Arik en sortant de la voiture, le téléphone contre son oreille. Apparemment, il a des amis haut placés et ceux-ci seraient très mécontents si quelque chose lui arrivait.

— Qui t'a donné des ordres, putain ? Tu es le roi, dit Jeoff en fronçant les sourcils, pour presque murmurer immédiatement un « Oh » de compréhension.

Il n'y avait qu'un seul groupe qui avait le pouvoir de donner des ordres à Arik. Le Haut Conseil, un groupe de métamorphes qui n'avait jamais été vus et qui pourtant, tapis dans l'ombre, jouaient avec les ficelles de ces marionnettes qui maintenaient leur population en sécurité. Si l'on osait les provoquer, cela voulait dire qu'on risquait de disparaître dans la nuit, sans laisser de traces et personne ne mentionnerait plus jamais votre prénom. Du moins, c'était ce que disaient les rumeurs. Personne ne parlait jamais de ceux qui disparaissaient.

— Maintenant que je me suis porté garant, vous pourriez peut-être accélérer les choses. Celui que vous cherchez est à l'intérieur, mais il faut que vous cessiez de perdre du temps. Je ne pense pas qu'il réfléchit de manière très rationnelle. La fille risque de souffrir si vous vous attardez.

Grrr. Le fait de mentionner que Luna était en danger passa plutôt mal. Cela ne changeait pas non plus le fait que l'immeuble était condamné. Jeoff observa les bords du contre-plaqué qui lui barrait la route et fronça les sourcils. Comment entrer ? Quelqu'un voulait s'assurer que personne ne puisse entrer, vu le nombre absurde de clous qui avaient été utilisés pour le fixer.

— J'imagine que personne n'a un pied-de-biche ?

Il se trouvait que le clan en avait plusieurs dans les coffres de leurs véhicules. Stacey lui en tendit un et Jeoff l'inséra dans la fente, puis poussa. Le grincement des clous qui se détachaient se mélangea à celui du bois qui craquait et éclatait. De la petite fente qu'il venait de créer s'échappa une incroyable puanteur.

La mort.

La pourriture.

Hum, délicieux.

Et dire que son loup se demandait pourquoi Jeoff préférait être celui qui choisissait l'eau de Cologne quand ils faisaient les courses.

Cette preuve olfactive de violence ne dissuada pas Jeoff et les autres. Rapidement, des débris de contre-plaqué jonchèrent le sol et les miasmes de la chair en décomposition imprégnèrent l'air. Grâce aux différents points d'entrée, ils pénétrèrent le niveau inférieur du bâtiment, triste rappel du passé.

Auparavant, il y a plusieurs décennies, cet endroit avait été une résidence construite pour des familles aux faibles revenus. Il avait été bâti sur des fondations simples. Un grand couloir avec des portes de chaque côté. Au bout se trouvait un ascenseur, et à l'opposé une cage d'escalier.

Par où devait-il aller ? Étant donné qu'il n'y avait plus d'électricité, le choix semblait évident. Sauf que... les escaliers ne puaient pas et Jeoff travaillait avec des félins curieux qui avaient envie de voir ce qu'il y avait dans l'ascenseur.

Vu la puanteur, Jeoff pouvait presque garantir que ça ne pouvait être que mauvais. Même Hayder, un lion d'habitude assez coriace, pâlit quand ils ouvrirent les portes.

Personne ne pouvait rester insensible face à cet amoncellement de cadavres jetés dans l'ascenseur, beaucoup d'entre eux étaient partiellement mangés, empilés de manière ignoble dans la cabine d'ascenseur qui était arrêtée de façon permanente à l'étage du dessous. Leur découverte permit de comprendre d'où venait la puanteur. Plus inquiétant encore, malgré les dégâts, Jeoff reconnut un corps, au sommet de la pile.

— C'est le membre disparu de la meute de loups.

Et Reba pointa du doigt le couple de tigres disparus. Quant au reste... peut-être que l'ADN et les relevés dentaires permettraient aux familles de tourner la page.

Il ressentit un certain soulagement quand il remarqua qu'aucun cadavre n'était plus récent, plus précisément, il n'y vit pas le corps de Luna. Il serait probablement devenu fou s'il l'avait trouvé.

Un bruit éloigné de bagarre venant d'en haut parvint jusqu'à leurs oreilles. De très haut. Les lionnes, dont certaines qui se déshabillaient pour la deuxième fois ce soir-là, s'élancèrent vers les escaliers, une mini armée dorée, déterminée à atteindre le haut de la tour.

Mais Jeoff remarqua les tiges en métal encastrées dans la cage de béton de l'ascenseur. Une ligne droite jusqu'en haut qui était probablement plus solide que les autres passages. Avant même qu'il n'ait le temps de s'en dissuader, il tapota l'épaule de Leo :

— J'ai besoin que tu me fasses sauter plus haut.

— Où ça ? demanda le grand lion.

Les amis qui ne demandaient jamais « pourquoi » étaient les meilleurs. Jeoff pointa l'endroit du doigt.

— Par-dessus les corps. Il faut que j'atteigne cette échelle.

— Ça marche.

Très rapidement, grâce au puissant coup de pouce de Leo, Jeoff grimpa sur les barreaux rouillés, se hissant vers le haut, conscient que chaque seconde comptait. Le périple sur plusieurs étages fut long, parfois effrayant, notamment quand il agrippa un barreau et que celui-ci se décrocha du mur. Jeoff le laissa tomber et grimaça en l'imaginant atterrir parmi les cadavres.

Tant que ce n'est pas moi qui les utilise comme filet de sécurité.

Il frissonna.

Il continua de grimper, notant que par-dessus ses halètements dus à l'effort, il entendait également des bruits de lutte. Un combat que Luna menait pour sauver sa peau.

Il grimpa plus vite et à peine avait-il passé la tête par-dessus le bord du conduit qu'il vit une Luna à moitié nue s'avançait vers lui et derrière elle se trouvait l'homme chauve-souris.

Cela lui donna une idée.

— Monte sur mon dos ! cria-t-il en s'appuyant contre les barreaux, espérant que ceux-ci supporteraient son poids mais également celui de Luna.

— Est-ce que t'es en train de me traiter comme une gonzesse en venant à ma rescousse ?! hurla-t-elle en s'agenouillant près du bord.

— Complètement. C'est ce que font les vrais petits amis.

— On ne sort pas ensemble, dit-elle en regardant par-dessus bord.

— Selon toi. Mais, bonne nouvelle, je suis tenace.

— Je croyais que c'était plutôt un trait de caractère des bull-terriers.

— Et des loups, dit-il en ricanant tout en gardant un œil sur l'homme chauve-souris qui poussa un cri de rage quand Luna enroula ses bras autour de lui et descendit dans le conduit. Ses cuisses se serrèrent autour de ses hanches, s'accrochant à lui, mais il l'avertit quand même :

— Accroche-toi bien.

Parce que la descente risquait d'être mouvementée.

Les descentes étaient toujours plus rapides, d'autant plus qu'il n'avait qu'à poser un pied sur l'échelon du dessous et se laisser retomber. Au-dessus d'eux, l'homme chauve-souris râla :

— Vous n'irez pas bien loin. Je vous retrouverai. Je t'ai goûtée maintenant. Tu ne m'échapperas jamais.

Jeoff ne trouva pas nécessaire de réprimander Luna

quand celle-ci tendit le bras, lâchant sa prise, pour lui faire un doigt d'honneur et crier de façon très éloquente :

— Va te faire foutre !

Pour contrarier des créatures psychotiques, ça fonctionnait plutôt bien. Le monstre hurla, une invective sonore sans paroles, mais plus inquiétant encore, celle-ci s'arrêta brusquement. Qu'est-ce que ça voulait dire ? Est-ce que les lionnes avaient réussi à atteindre le dernier étage en utilisant les escaliers ?

Non.

— Il nous suit, murmura Luna.

Et par suivre, Luna ne voulait pas dire qu'il utilisait l'échelle. Le monstre se laissa tomber et saisit Luna au passage, l'arrachant du dos de Jeoff.

— Luna ! hurla-t-il.

Mais l'obscurité se moqua de lui. Il ne vit rien en regardant en bas, seulement des ombres.

Il descendit les échelons à une vitesse folle et faillit rater l'odeur. Ici, au troisième étage, à travers les portes de l'ascenseur partiellement ouvertes, l'odeur de Luna imprégnait les bords. Jeoff se jeta à travers l'ouverture et aperçut rapidement l'homme chauve-souris et Luna tout au bout. Une lumière faible éclairait les contours du contre-plaqué qui recouvrait la fenêtre donnant sur l'extérieur et dessinant clairement leurs silhouettes.

Jeoff grogna et s'élança, fou de rage, assez fou de rage pour qu'il parvienne à sortir ses griffes et allonger ses dents. Une colère féroce et primitive le traversa de toute part.

La créature tenait Luna sur le côté, d'une seule main, ce qui agaçait beaucoup cette dernière. Le whamp se servit de sa main libre pour cogner le contre-plaqué qui recouvrait la fenêtre. Celui-ci éclata en morceaux, dévoilant l'extérieur.

Il va s'envoler. Même pas en rêve putain. Si l'homme chauve-souris s'échappait avec Luna maintenant, il ne pourrait jamais la retrouver. Jeoff accéléra, déterminé à le rattraper avant que cela n'arrive. Au moment où le whamp attira Luna vers lui, celle-ci réagit, enfonçant les dents dans son bras, mordant assez fort pour lui arracher un morceau de peau.

Poussant un cri de rage, le whamp la relâcha alors que du sang sombre coulait de sa blessure.

Luna cracha.

— Ça un goût de merde.

— Espèce de salope ! cria le monstre. Tu paieras pour ça.

Pendant un moment Jeoff, cru qu'il allait à nouveau attraper Luna mais leurs regards se croisèrent et à la place, l'homme chauve-souris passa la tête et les épaules à travers le trou qui donnait sur l'extérieur.

Parfait. Jeoff sauta les derniers mètres, ses jambes humaines fléchissant et s'enroulant avec force. Il tendit les mains et attrapa les ailes du monstre avant qu'il ne puisse s'élancer par la fenêtre.

La créature hurla de rage alors que Jeoff les tenait et les tirait en arrière, le bruit inquiétant d'un papier que l'on déchire et d'os qui craquent retentit.

Le monstre lui donna un coup qui s'avéra très puissant, assez puissant pour projeter Jeoff contre le mur et que ce dernier s'enfonce partiellement dans le plâtre ramolli. Il se releva et ne put qu'observer la scène alors que le monstre hésitait devant la fenêtre ouverte, se demandant probablement s'il devait voler étant donné que ses ailes étaient un peu tordues.

Puis, ça n'eut plus d'importance. Luna, d'un coup puissant, envoya la bête à travers l'ouverture.

Elle sortit immédiatement la tête par la fenêtre.

— Merde, murmura-t-elle. Il peut encore utiliser ces trucs.

Jeoff se précipita à ses côtés et ils regardèrent tous les deux par la fenêtre, remarquant que l'homme chauve-souris avait déployé ses ailes et cherchait à s'envoler. Il vacilla et hésita. Le monstre se redressa et s'éleva de plus en plus haut. Hors de portée et s'éloignant, il aurait pu s'échapper si d'autres silhouettes sombres et ailées n'avaient pas soudainement convergé vers lui, arrivant de plusieurs directions différentes.

L'homme chauve-souris blessé aurait peut-être pu s'en sortir contre un métamorphe, ou deux, mais contre sa propre espèce et tout en essayant de rester en l'air avec des ailes endommagées ?

Il ne fut pas évident de suivre l'action qui se déroulait sous leurs yeux, mais ils entendirent tous un cri de triomphe et ils virent une tête tomber vers le sol, la bouche grande ouverte, et un visage qui exprimerait à jamais la surprise. Elle heurta le bitume et se transforma en poussière, suivie, un instant plus tard, par le corps.

C'est fini. Luna était en sécurité et le monstre était mort.

CHAPITRE DIX-SEPT

M*ais tous les monstres ne sont pas morts.* Cette prise de conscience fit grogner Luna qui se dégagea de l'étreinte de Jeoff dès qu'ils arrivèrent dehors sur le trottoir. Elle plongea vers l'autre homme chauve-souris qui se tenait derrière Charlemagne.

Ce qu'elle ne comprenait pas, c'était pourquoi personne d'autre n'essayait de le tuer également.

— Luna, je t'ordonne de t'arrêter tout de suite, dit Arik dont la voix retentit haut et fort.

— Quoi ?

Le crissement de frein qui résonna mentalement dans sa tête la stoppa net et elle jeta un regard incrédule à son chef.

— Pourquoi ?

— Parce que tu ne peux pas tuer Gaston Charlemagne ou ses serviteurs.

Elle tourna la tête et regarda le type en costume.

— Je suis plutôt certaine de pouvoir le battre.

— Peu importe que tu en sois capable ou non. Tu n'as pas le droit de le tuer.

— Quoi ? ne put-elle s'empêcher de demander d'un ton plaintif. Pourquoi est-ce que je ne peux pas le tuer ?

Luna entendit l'ordre que lui donnait son roi, mais elle n'avait pas envie de lui obéir.

— Il est de mèche avec ces souris volantes meurtrières, continua-t-elle.

— Des souris ? dit le gérant du club suave en rigolant. C'est une comparaison assez amusante, n'est-ce pas Jean-François ?

Jean-François croisa les bras sur son énorme torse gris et poilu.

— Peut-être que cette femelle a besoin de lunettes.

— Peut-être que les jouets qui couinent ne devraient pas parler sauf si je les mords, s'agaça Luna. Est-ce que quelqu'un peut m'expliquer ce qu'il se passe ? Pourquoi est-ce qu'on ne réduit pas ces types en morceaux ?

Arik lui expliqua alors pourquoi, car il s'avérait qu'elle avait raté beaucoup de découvertes cruciales durant son enlèvement.

Pour résumer, Charlemagne avait emménagé ici afin de prendre un nouveau départ dans une nouvelle ville avec son équipe de whampyrs – même si Luna préférait le surnom que leur donnait Hayder, des whamps. Parmi les whamps, le plus âgé était devenu fou. Il avait commencé à manger des gens et à le cacher. Apparemment, les métamorphes étaient des friandises pour ces souris ailées. *Leur sang est comme du vin.* Ils le buvaient généralement dans une coupe, à moins qu'ils n'adoptent de vieilles méthodes et le boivent directement depuis la veine comme le faisait le type qui était mort.

Même si personne ne l'avait encore dit, Luna savait que dès qu'ils rentreraient à la résidence, la rumeur courrait que des vampires étaient en ville. Des vampires qu'ils n'avaient pas le droit de tuer. Comment pouvaient-ils les autoriser à rester ? Pourquoi est-ce qu'ils n'aiguisaient pas leurs griffes pour les chasser ?

Ce sont des prédateurs, comme nous.

Non, pas comme nous. Les lions tuaient pour se nourrir et pour protéger les autres.

Exactement.

Alors, expliquez ces cadavres dans l'ascenseur ! Sauf que Charlemagne avait effectivement une explication. Pour faire court, son serviteur était devenu fou. Apparemment, cela s'était seulement produit avec les plus âgés de leur espèce et il n'avait pas prêté attention aux signes avant-coureurs. Mais l'homme souris complètement fou et ceux qu'il avait convertis étaient morts désormais. Mais qu'en était-il des autres ? Qu'en était-il du club, du gérant et de ceux qui étaient encore en vie, à ses côtés ?

Levant les yeux de façon théâtrale, il soupira :

— Ce que je ne ferais pas pour satisfaire la faune sauvage.

Charlemagne accepta de respecter les règles de la ville, définies par Arik, par courtoisie et Luna se demanda combien de temps durerait cette trêve précaire.

Alors que les personnes qui étaient venues à son secours aujourd'hui s'entassaient dans les véhicules et prévoyaient de trouver un restaurant qui serve le petit-déjeuner à quatre heures du matin, Charlemagne époussetta la poussière sur le revers de sa manche.

— Maintenant que nous en avons terminé, si vous voulez bien m'excuser, je dois prendre mes dispositions pour embaucher du nouveau personnel. Du personnel humain, je crois bien cette fois-ci.

Alors que le gérant du club se tournait pour s'en aller, Arik grogna.

— Nous n'avons pas terminé. J'ai encore des questions à vous poser.

— J'en suis certain et je pourrais peut-être y répondre. Éventuellement.

— Oh oui, certainement...

Arik ne put même pas terminer sa phrase ; Charlemagne disparut. Il s'était volatilisé.

— Putain, comment il fait ça ?

Parce que Luna ne croyait pas en la magie.

Et apparemment, Jeoff croyait aux miracles, car il n'eut pas l'impression de mettre sa vie en danger quand il annonça à Hayder :

— Hayder, je vais t'emprunter ta caisse et ramener Luna chez moi.

— Ouh, il y en a un qui va s'envoyer en l'air, chantonna Stacey.

— J'espère que t'as assez de beurre de cacahuète, ricana une autre de ses copines.

Luna, la Luna du clan qui n'avait-honte-de-rien, faillit rougir en se remémorant une conversation un soir au bar où elle avait expliqué que le seul moyen pour qu'un homme vous lèche la chatte correctement c'était d'appliquer du beurre de cacahuète dessus et de s'assurer qu'un loup fasse le travail.

— Je n'ai aucun vêtement chez toi, déclara-t-elle.

— Génial.

— Ni de brosse à dents.

— Je dois en avoir une de rechange j'en suis sûr.

— Je croyais avoir dit qu'on ne s'impliquait plus dans cette relation.

— Ne me fais pas glousser comme une poule devant tes amis.

Luna remarqua que ses copines sournoises les observaient, elle et Jeoff. Elles osaient regarder son homme.

Pas le mien. Mais il pourrait l'être.

Stacey se pavanait tout près, portant des vêtements amples qui soulignaient sa poitrine, sans soutien-gorge. Luna sentit que leur amitié touchait à sa fin.

— Si Luna ne veut pas repartir avec toi, moi je veux bien, dit Stacey en lui faisant un clin d'œil.

Luna sortit de ses gonds. Ce fut seulement parce que Jeoff avait enroulé son bras autour de sa taille qu'elle ne se jeta pas sur Stacey qui l'esquiva en rigolant.

— J'étais sûre qu'elle l'aimait bien. Luna aime Jeoff !

Et c'est ce qui déclencha la fameuse chanson :

— Luna et Jeoff assis sur une branche, s'embrassent nus comme des vers [1]! chantonnèrent ses copines.

À partir de là, les paroles devinrent de plus en plus cochonnes et Luna se mit à rougir alors que Jeoff l'emmenait plus loin. Ce qui la gênait, ce n'était pas la chanson ou cette façon très intrigante avec laquelle Jeoff la manipulait. Ce qui la faisait rosir c'était que tout ça, était vrai. Elle aimait Jeoff.

Et cela la terrorisait.

Mais depuis quand laissait-elle la peur lui dicter ses actes ? Si elle voyait une grande montagne, elle l'escaladait. Si elle voyait une boîte à biscuits en haut du frigo, elle s'en emparait. Si elle convoitait un loup d'environ un mètre quatre-vingt qui semblait déterminé à prendre une place importante dans sa vie, eh bien elle devait le laisser la baiser autant de fois qu'il le pourrait ! Parce qu'elle n'avait pas peur.

Mais qu'en serait-il demain ? Qu'est-ce qu'il se passera ensuite ?

Elle fit immédiatement demi-tour dans le couloir, à seulement quelques pas de l'appartement de Jeoff, le jogging qu'elle avait réussi à enfiler durant le trajet lui descendit presque jusqu'aux fesses alors qu'elle courait pratiquement vers l'ascenseur.

Jeoff la rattrapa facilement et comme elle était apparemment encore sous l'emprise de la drogue, elle le laissa la porter jusqu'à chez lui.

— On ne devrait pas faire ça. Je ne suis pas sûre d'être prête à m'engager !

— Alors, ne t'engage pas. Saute-moi juste.

— Saute-moi ?

Elle cessa de se tortiller sur son épaule, mais pas trop non plus, parce qu'apparemment elle avait quand même envie qu'il l'attrape.

— Est-ce que c'est censé être sexy ? demanda-t-elle.

— Je pense que ce serait sexy si toi tu le disais. C'était déjà sexy quand tu l'as répété. Et pour ton information, oui je te sauterais bien.

Comment voulez-vous qu'une femme ne fonde pas

quand un homme lui disait ça ? Certaines auraient pu rechigner face à tant de grossièreté, mais Luna voyait plus loin que ça. La réalité, mise à nue. Jeoff la désirait.

Elle le désirait aussi et c'est pour ça qu'elle le laissa la déshabiller, adorant sentir ses doigts glisser lentement sur sa peau alors qu'il la libérait du tissu qui la recouvrait. Elle avait hâte de sentir le contact brûlant de ses mains, se pressant contre sa peau.

Au lieu de la marquer tout de suite, il la guida jusqu'à la salle de bains. L'eau de la douche ne mit pas longtemps à devenir chaude et il y entra en premier, tenant toujours sa main, puis l'attira près de lui.

Comme le fait de parler risquait de gâcher le moment, Luna se tut. Les mots cochons n'avaient pas toujours leur place. Parfois, les moments intimes, où les choix tenant sur un fil n'avaient pas besoin de mots. Des caresses douces, des regards intenses, des baisers brûlants qui dévoraient les lèvres.

Jeoff émit un doux grognement quand elle mordilla sa lèvre inférieure puis l'aspira.

— Tu me rends fou.

Les mots grondèrent et frémirent contre ses lèvres mouillées.

— Moi aussi, et non pas parce que tu as un problème d'incontinence quand tu te mets à boire comme mon ex, rigola-t-elle, surtout quand ses mains saisirent son cul nu et l'attirèrent plus près.

— C'est la dernière fois que tu me compares à quelqu'un. Parce qu'il n'y aura plus personne d'autre. Juste toi et moi.

Il la cloua sur place avec ses mots et elle lutta contre la

vague de panique qui la submergeait. Jeoff voulait qu'elle lui appartienne.

Tout comme il nous appartiendra. Car souvenez-vous, une relation monogame allait dans les deux sens. En la revendiquant elle, elle pourrait aussi le revendiquer lui, et personne d'autre ne pourrait le toucher.

Pas touche. On ne partage pas. Personne d'autre qu'elle ne pourrait toucher cette peau sur laquelle elle promenait ses doigts et le frisson qui la traversa de toute part l'étourdit presque.

— Je vais te baiser, dit-il alors que ses mains quittaient ses fesses et remontaient jusqu'à sa taille.

Face à ces mots, elle eut le souffle coupé. C'était tellement grossier. Surtout de la part de Jeoff.

— C'est peut-être moi qui te baiserai en premier.

Elle adorait être au-dessus.

Il la retourna et s'appuya contre son dos, la pressant contre le carrelage froid.

— C'est bien aussi de lâcher prise. De laisser quelqu'un prendre le contrôle.

— Je n'ai pas de problème avec la perte de contrôle.

Elle se plaqua contre lui pour qu'il la prenne dans ses bras, son corps contre elle, son érection évidente pointant vers le haut et se pressant contre le creux de ses fesses. Chaud et torride.

Elle faillit ne pas l'entendre alors qu'elle retenait son souffle, anticipant et attendant sa prochaine caresse.

— Je vais te prendre, Luna. Je vais te prendre. Pas seulement une fois, pas deux fois, mais autant de fois qu'il le faudra pour que tu réalises que je suis là parce que je compte rester.

— Ça risque de prendre un certain temps.

— Je sais. Ce qui prouve justement ce que j'avance.

— Tu ne peux pas prouver ce que tu dis d'une autre manière ?

Elle tortilla ses fesses contre lui, le faisant se pencher en avant et lui mordant l'oreille.

Son souffle devint erratique. Comme elle aimait qu'on lui morde les oreilles. Elle eut l'impression de fondre contre lui alors que ses lèvres et sa langue exploraient la paroi et le lobe de son oreille. Elle se balança contre lui, haletant et expirant un souffle chaud, ses doigts se cramponnant au carrelage.

Les mains sur sa taille la firent pivoter pour lui faire face à nouveau et il la souleva avec facilité. Ses lèvres dures rencontrèrent les siennes pour un baiser ardent qui lui coupa le souffle et réveilla chacune de ses terminaisons nerveuses. Son dos se pressa contre le carrelage froid quand il la plaqua dessus, un contraste brutal avec sa peau brûlante.

Et justement, sa peau toucha la sienne et elle n'eut pas envie de perdre son contact, alors elle l'attira plus près en passant ses bras autour de son cou alors que ses jambes s'enroulaient autour de sa taille.

Leurs lèvres glissèrent et se caressèrent, s'abandonnant l'une à l'autre dans un ballet humide. Sa langue glissa dans sa bouche et elle lui rendit la pareille. Son grondement de plaisir la fit frissonner. Leurs bouches s'entremêlèrent de manière intime et il promena ses mains de sa taille jusqu'au-dessous de ses cuisses. Cela lui permit de la manipuler et de réajuster sa position jusqu'à ce que sa bite sautille sous son entre-jambes.

Le bout de sa bite caressa son sexe, écartant ses lèvres inférieures gonflées, s'enfonçant en elle. Elle ne put s'empêcher de pencher la tête en arrière, haletant, essayant de produire un son lorsqu'il la pénétra, cette fois-ci mieux que la première. Il s'enfonça en elle, tel un long membre en acier fondu et elle s'agrippa à ses épaules.

Il se mit en mouvement, balançant ses hanches, poussant de manière lente et circulaire. Bien profondément. Elle se crispa.

Il se retirait légèrement puis la pénétrait avec force. Elle haleta et serra encore plus son poing autour de sa bite.

Encore et encore il la tourmenta, la revendiqua jusqu'à ce qu'elle le supplie de la soulager.

— S'il te plaît. Oh, oui.

Il avala ses paroles.

— Jouis pour moi, murmura-t-il.

Oui. Oui. OUI !

Il enfonça ses doigts autour de ses cuisses, maintenant sa prise alors qu'il enfonçait profondément son membre en elle. Encore et encore. Elle finit par ne plus pouvoir émettre le moindre son, son corps était tendu et prêt à craquer. Il martela plus fort, s'enfonçant d'avant en arrière, la friction lisse suffit à la faire basculer vers l'extase.

Et elle l'entraîna avec lui.

Ils finirent par tomber sur le lit, un ensemble de corps nus qu'elle appréciait beaucoup, même s'il gâcha tout en disant :

— C'est agréable.

— Pff, agréable, c'est pour les minettes.

— J'imagine qu'on est bon, alors.

— C'est pas parce que j'ai à nouveau couché avec toi que nous sommes en couple.

— Si tu le dis.

— Je suis sérieuse.

— Je sais. Tu veux encore baiser ?

Oh que oui elle en avait envie ! Ils auraient le temps d'en parler demain matin et elle lui dirait alors que c'était juste un coup d'un soir.

---

1. Référence à une chanson américaine pour enfants

ÉPILOGUE

Quelques mois plus tard...

Une ombre masquait les rayons chauds du soleil. Elle ouvrit un œil et vit que Jeoff se tenait au-dessus d'elle, ses avant-bras tendus pour se maintenir en place, le bas de son corps nu se pressant contre elle de façon très intéressante.

— Tu me caches le soleil, mon loup.

Même si son expression torride permettait de compenser.

— Enfin, tu te réveilles, c'est pas trop tôt. Je me disais qu'on pouvait faire crac-crac avant que je ne parte au travail.

Il exprima clairement son intention en balançant les hanches.

Comme il revenait de loin depuis le temps passé ensemble, admettant ouvertement son désir pour elle de la façon la plus délicieuse qui soit ! Elle aussi le désirait, donc ça fonctionnait plutôt bien. Ça les démangeait tous les deux alors ils se donnaient mutuellement un coup de main. Mais elle s'attendait à ce que cela se termine un jour ou l'autre.

Elle ricana. OK, même elle ne croyait plus à cette hypothèse.

Elle se tortilla contre son érection, adorant la façon dont ses yeux flamboyèrent en retour.

— Tu es sûr que tu as le temps ? Tu vas être en retard. C'est peut-être juste une envie de faire pipi.

— Non, ce n'est pas une envie de faire pipi. Je viens de le faire sur le balcon.

— Tu as quoi ?

— J'ai marqué mon territoire sur ton balcon.

— Mais pourquoi ?

Il leva les yeux au ciel.

— Parce que je suis un mec et qu'on aime pisser sur des trucs.

— Mais tu n'es pas saoul pourtant. Mon ex ne faisait ça que quand il était bourré.

Un sourire étira ses lèvres.

— C'est ce que j'ai entendu dire oui, c'est pour ça que soit, tu te débarrasses de ce fauteuil dans ton salon, soit tu me laisses faire pipi dessus, soit tu emménages avec moi.

Le plus simple était de répondre qu'elle se débarrasserait de ce fauteuil offensant. Mais elle était trop choquée par son désir d'engagement.

— Et pourquoi est-ce que je devrais emménager avec toi ? J'ai un appartement tout à fait convenable que nous pouvons nous partager.

— OK.

Elle cligna des yeux.

— OK ?

— Oui, je veux bien emménager avec toi. Ça va, c'est assez formel ?

— T'es sérieux là ? Tu veux vraiment emménager avec moi ?

— On est un peu longue à la détente ce matin, non ?

— Je voulais juste m'en assurer.

Il sourit.

— Tu peux en être sûre. Tout comme je suis sûr de la date d'aujourd'hui.

— Quelle date, quel jour sommes-nous ? dit-elle en fronçant le nez.

Noël était passé. Tout comme le Nouvel An. Elle était assez certaine que l'anniversaire de Jeoff était en été. Que restait-il ?

— Merde, est-ce que j'ai oublié de t'offrir un joli truc pour la Saint Valentin ? demanda-t-elle.

Il soupira.

— Roh, tu veux bien arrêter et cracher le morceau ? dit-elle.

— Tu te souviens quand tu m'as dit que tu n'étais jamais restée plus de trois mois avec un mec ?

— Ouais, se rappela-t-elle. Est-ce que c'est ta façon de me narguer parce qu'on a réussi à aller jusqu'aux quatre mois ?

— Tu le savais !

— Évidemment que je le savais. Mais si tu veux mon avis, ce n'est pas si important.

— Dit la fille qui a peur de l'engagement.

— Ne commence pas, mon loup. Je me souviens qu'il y en avait un qui n'était pas très enthousiaste à l'idée de coucher avec une lionne.

— J'avais tort. Je peux le reconnaître.

— Tout comme je peux reconnaître que tout ça n'était pas une si mauvaise idée après tout.

— Je t'aime, dit-il sans une once de sarcasme.

Elle fronça les sourcils.

— Ce n'est pas parce que nous sommes encore ensemble qu'il faut en faire tout un plat. Je veux dire, toi et moi, ce truc que nous avons, c'était peut-être le destin. Je...

Elle prit une grande inspiration. Elle pouvait le faire. Ce n'était que trois petits mots.

— Je t'aime.

— Enfin, elle l'admet, dit-il, les yeux brillants. Ce n'est pas trop tôt.

— Ne t'attends pas à ce que je l'admette en public. Je ne voudrais pas gâcher ma réputation de dure à cuire auprès de mes copines.

— Trop tard, dit-il en levant son smartphone. Je l'ai pris en vidéo.

Elle plissa les yeux.

— Donne-moi ça.

— Vas-y, force-moi.

Et elle le fit. Nue. Puis finit par publier la vidéo elle-même parce que ça lui semblait correct d'avertir à nouveau les pouffiasses que Jeoff était pris. Bas les pattes sinon vous aurez affaire à mes griffes. *Grrr !*

LES TALONS aiguilles de Reba claquaient sur le sol et ses hanches larges se balançaient de droite à gauche alors qu'elle dépassait la file d'attente pour entrer dans le club. Les files d'attente étaient pour les moutons. Et cette lionne ne comptait pas attendre son tour.

Ignorant les protestations de ceux qui, contrairement à elle, n'étaient pas extraordinaires, elle se plaça devant eux, pour finalement se retrouver bloquée à l'entrée.

Bien qu'elle ne soit pas très grande, Reba leva les yeux et lança un regard au videur. Le fameux regard. Celui qui disait : « Bouge ton cul, mon petit pote ». Dans le cas présent, le petit pote était un humain assez costaud et il fut assez bête pour lever la main, lui bloquant le passage.

— Vous ne pouvez pas entrer.

— Je suis attendue, annonça-t-elle.

— Personne ne m'a prévenu qu'il y avait des invités VIP ce soir, alors retournez en bout de file.

Cet humain osait-il vraiment se mettre en travers de son chemin ? Aussi rapide qu'une vipère, elle tendit la main, saisit son poignet et le tira vers elle, assez près pour qu'il puisse voir la couleur ambrée et primaire de son animal briller dans ses yeux.

— Ne te mets pas en travers de mon chemin. J'ai déjà fait pleurer des mecs plus costauds que toi.

Elle lui donna un coup brusque et le petit pote tomba par terre, son visage rond pâlissant de douleur. Elle ne mesurait jamais sa force quand elle avait affaire à des moutons.

Arik a dit qu'il ne fallait pas les appeler comme ça.

Arik avait également ordonné de ne pas se jeter sur le

livreur de pizza jusqu'à ce qu'il couine. Comme si elle et ses copines allaient l'écouter. Cela faisait partie de leur rituel du vendredi soir.

Remarquant que le videur portait une oreillette, elle se pencha vers lui et murmura :

— Prêt ou pas, j'arrive, dit-elle avant de relâcher l'humain.

Il recula et lui jeta un regard noir, mais il n'essaya pas de l'arrêter quand elle entra à l'intérieur. Elle se retrouva dans une pièce annexe avec des bancs le long des murs ainsi qu'une autre porte. Deux femelles très élégantes – ou plutôt des humaines – la regardèrent. Elles portaient elles aussi des oreillettes. Reba leur souffla un baiser et rigola quand elles reculèrent.

Qu'est-ce qui dans son apparence, les rendait si méfiantes à son égard ? Mais bon on s'en foutait, non ? Elle se dirigea vers la deuxième série de portes battantes. En les ouvrant, elle remarqua que de nouveaux membres du personnel vêtus de tee-shirts noirs s'avançaient vers elle.

Au moins, ils étaient assez respectueux pour ne pas en envoyer juste un seul. Les femmes aimaient se sentir appréciées. Avant même qu'elle ne leur donne un coup de pied dans les testicules et ne les fasse chanter comme des sopranos, ils s'arrêtèrent, assez brusquement, et firent demi-tour, disparaissant à nouveau, tapis dans l'ombre, là où ils aimaient se cacher. Probablement parce qu'un certain gars, discret et furtif, se tenait derrière elle.

— Tu n'aurais pas pu attendre quelques minutes de plus ? J'espérais faire un peu d'exercice, se plaignit-elle.

— Si j'avais su que tu venais, j'aurais demandé à mon

personnel de jalonner l'allée de pétales de roses et je t'aurais accueillie moi-même à l'entrée, rétorqua une voix qui ressemblait à celle de la radio en fin de soirée, celle qui disait des choses cochonnes quand elle était seule dans son lit avec son ami à piles.

— Pourquoi perdre du temps ? annonça Reba.

Arik lui avait donné une mission et aujourd'hui était un jour parfait pour s'en occuper.

Pivotant sur ses talons, elle étudia la silhouette svelte de Gaston Charlemagne et comme la première fois où elle l'avait rencontré, elle se demanda de quoi parler les autres quand ils affirmaient qu'il n'avait pas d'odeur. Elle trouvait qu'il sentait parfaitement bon. Plus que bon même. Il sentait le chocolat de façon presque indécente avec une pointe de mystère fumé. L'arôme lui donna l'eau à la bouche.

Veux le croquer.

— Vas-y, dit-il en penchant la tête en arrière, dévoilant sa gorge. Prends un morceau.

Cette invitation était moins flippante que le fait que...
IL A LU DANS MES PENSÉES PUTAIN !

LA FIN? NON. QUAND UNE LIONNE BONDIT

Autres livres: EveLanglais.com

www.ingramcontent.com/pod-product-compliance
Lightning Source LLC
LaVergne TN
LVHW041626060526
838200LV00040B/1461